명문동양신서明文東洋新書 - 01

한시 이야기

류종목 지음

明文堂

시에는 시인의 감정과 사유방식이 녹아 있고, 그 시인이 속한 사회의 문화와 생활상이 투영되어 있다. 한시역시 예외가 아니다. 21세기를 살아가는 현대인에게한시가 무슨 소용이냐고 할지 모르지만 우리는 한시에 담겨 있는 옛사람들의 순박하고 자연친화적인 정서에 한번 공명해 봄으로써 우리 자신의 각박하고 삭막한 정서를 순화할 수도 있고, 옛사람의 지혜를 빌려헤쳐 나가기 어려운 난관의 돌파구를 찾을 수도 있다. 예컨대, 겨우내 꽁꽁 얼어 있어서 더 이상 생명력이없을 것만 같던 대지에서 신통하게도 새싹이 뾰족뾰족 돋아나는 것을 보며 백거이(白居易)의 시구 "불을질러 태워도 안 없어지고, 봄바람이 불어오니 또 다시돋아나네(野火燒不盡, 春風吹又生)"를 떠올려 보면 대자연이 얼마나 신비로운지를 더욱 절감하여 대자연에대한 경외심이 더 커질 것이고, 영롱한 불꽃처럼 새빨간 단풍잎을 보면서 두목(杜牧)의 시구 "서리 맞은 단풍잎이 봄꽃보다 더 붉네(霜葉紅於二月花)"를 한번 읊조려 보면 그 고운 단풍이 더욱 운치 있게 느껴질 것이다. 그리고 일이 잘 풀리지 않아 앞이 안 보일 때 소식(蘇軾)의 시구 "여산의 진면목을 알 수 없는 건, 이 몸이 이 산속에 있는 탓이리(不識廬山眞面目, 只緣 身在此山中)"를 한번 음미해 보면 마음의 여유를 가지고 한 발짝 물러서서 문제를 바라봄으로써 해결책을 찾아내는 지혜를 얻을 수 있고, 만사가 귀찮고 의욕이 없을 때 주희(朱熹)의 시구 "어젯밤에 강가에 봄비가 내리더니, 군함만 한 큰 배가 깃털만큼 가볍네(昨夜江邊春水生, 艨艟巨艦一毛輕)"를 떠올려 보면 갑자기 책을 읽어 실력을 쌓고 싶어질 것이다. 한시는 이처럼 물질문명에 찌들고 기계문명에 멍든 우리 현대인에게 청량제가 되어 주고 치료약이 되어 주는 것이다.

필자는 10여 년 전에 한 잡지사의 청탁으로 한시를 소개하는 짧은 글을 연재한 적이 있다. 이때 필자는 잡지의 발행 시기에 걸맞은 시를 골라 소개하는 것이 독자들에게 보다 유익하고 흥미로울 것이라는 판단 하에 가급적이면 계절 감각에 맞는 시를 선정하려고 노력했다. 그러나 훌륭한 시 중에는 계절과 무관한 것이 많기 때문에 지나치게 계절 감각에만 집착할 수는 없었다. 결과적으로 가급적 계절 감각에 맞는 시를 소개하면서 중간중간에 계절과 무관한 시도 소개하게 되었다.

그리고 연재가 끝난 뒤에도 한동안 필자의 블로그 독자들을 위해 같은 형식의 글을 계속 썼다. 이제 이렇게 해서 씌어진 70여 수의 시에 대한 해설을 수정하고 보완한 후 이를 시간적 배경에 따라 <봄노래>·<여름 노래>·<가을 노래>·<겨울 노래>로 나누고 계절과 무관한 시를 따로 모아 <철 없는 노래>로 분류함으로써 총 다섯 가지로 유형화해 보았다.

각 시는 그 시에 얽혀 있는 재미있는 일화나 그 시의 창작 배경, 현지 답사를 통해 필자가 직접 살펴본 창작 현장의 이모저모, 오늘날 우리가 직면하고 있는 사회적 현실, 필자의 개인적 경험과 감상 등을 곁들여서 그 시에 담겨 있는 시인의 정서, 그 시가 우리에게 주는 삶의 지혜, 그 시의 현대적 의미 등을 형식에 구애받지 않고 이야기하듯이 자유롭게 해설했다.

중국은 흔히 '시국(詩國)' 즉 '시의 나라'라고 불리거니와, 당나라 때 지어진 시와 송나라 때 지어진 시만 해도 각각 5만여 수와 20여 만 수가 남아 있을 정도

니, 여기에 수록된 70여 수는 그야말로 구우일모(九
牛一毛)요 창해일속(滄海一粟)이다. 그러나 국 맛을
알아보기 위해 솥 안에 있는 국을 전부 다 먹어 보아
야 하는 것은 아니다. 여기저기서 한 숟가락씩 떠서
몇 숟가락만 먹어 보아도 솥 전체의 국 맛이 어떤지
알 수 있다.

이 책에서 소개하는 70여 수의 한시를 통하여 독자들
이 거대한 솥에 담긴 한시라는 국이 어떤 맛인지 가
늠해 볼 수도 있고, 적으나마 시에 함유되어 있는 자
양분을 섭취할 수도 있기를 기대한다. 부족한 부분에
대해서는 독자 여러분의 애정 어린 질정을 기다린다.

끝으로 이 책의 출판을 승낙함은 물론 명문동양신서
수권(首卷)으로 삼아 주신 김동구 사장님과 편집에 심
혈을 기울여 주신 이은주 선생에게 깊이 감사드린다.

2018년 1월
관악산 자락에서 **류종목** 씀

목 차

제2부 **여름 노래**

제3부 **가을 노래**

제4부 **겨울 노래**

제5부 **철 없는 노래**

제1부

봄 노 래

1. 봄이 오면 새싹 나듯 다시 만나리
賦得古原草送別

백거이(白居易)

파릇파릇 돋아나는 들판의 풀잎
한 해에 한 번씩 시들었다 우거지네.
불을 질러 태워도 안 없어지고
봄바람이 불어오니 또 다시 돋아나네.
저 먼 곳의 방초는 오솔길을 침범하고
맑은 날의 푸르름은 성곽까지 뻗어 있네.
또 다시 고운 임을 보내노라니
아쉬움이 저 풀처럼 내 가슴을 메우네.

離離原上草 　리리원상초

一歲一枯榮 　일세일고영

野火燒不盡 　야화소부진

春風吹又生 　춘풍취우생

遠芳侵古道 　원방침고도

晴翠接荒城 　청취접황성

又送王孫去 　우송왕손거

萋萋滿別情 　처처만별정

이것은 당나라 시인 백거이(白居易, 772-846)가 열여섯 살 때 지은 시다. 그는 당시의 서울인 장안(長安, 지금의 섬서성陝西省 서안西安)으로 들어가 유명한 시인 고황(顧況, 725?-781?)에게 자기가 지은 시를 보여 주었다. 농담을 좋아하는 고황은 백거이의 이름을 보더니 대뜸 "쌀값이 한창 비싸서 살기가 쉽지 않을 것일세(米價方貴, 居亦弗易)"라고 했다. '거이(居易)'라는 그의 이름을 굳이 풀이하자면 '살기 쉽다'라는 뜻이 되기 때문에 이런 농담을 한 것이었다. 그러나 이 시를 읽고 난 뒤에 그는 혀를 내두르면서 "이런 시를 지을 수 있다면 살기가 쉽겠네(道得箇語, 居卽易矣)"라고 했다. 고황은 특히 세 번째 구절과 네 번째 구절의 "불을 질러 태워도 안 없어지고, 봄바람이 불어오니 또 다시 돋아나네(野火燒不盡, 春風吹又生)"를 보고 탄복을 금치 못했다고 한다.

겨울이 되면 논두렁이나 밭두렁에 벌겋게 불을 지르고 있는 농부의 모습을 흔히 볼 수 있다. 내년 농사를 위하여 농작물을 해치는 병충의 알을 태워 죽이는 작업이다. 새까맣게 타 버린 잿더미를 보면 다시는 풀이 소생하지 못할 것 같은 생각이 든다. 그러나 훈훈한 봄바람이 불어오기 시작하면 새까만 잿더미 속에서 연둣빛 새싹이 어김없이 뾰족뾰족 자태를 드러낸다. 이 얼마나 신비로운 대자연의 조화인가! 사람이 헤어지고 만나는 것 또한 이러한 조화에서 벗어나지 않는다. 그러기에 "만나면 언젠가 헤어지게 마련이고 헤어지면 언젠가 다시 만난다(會者定離, 去者必反)"고 하지 않았던가!

바야흐로 졸업과 입학 그리고 인사이동의 계절이다. 어쩔 수 없이 정든 사람들과의 이별이 많아질 수밖에 없다. 그러나 봄바람이 불면 새까만 잿더미 속에서 또 다시 파릇파릇 새싹이 돋아나듯, 때가 되면 틀림없이 떠나간 사람도 돌아오게 될 것이다.

_ 2004. 2. 10.

2. 고향 소식
雜詩

왕유(王維)

그대는 고향에서 막 오셨으니
고향 일을 잘 알고 계실 테지요.
오시던 날 우리 집 비단창 앞의
매화나무 꽃망울이 터졌던가요?

君自故鄉來　군자고향래

應知故鄉事　응지고향사

來日綺窓前　래일기창전

寒梅著花未　한매착화미

■

북방에서 타향살이하는 한 나그네가 어느 이른 봄날 고향 사람을 만나 고향 소식을 물어본 일상적인 일을 시로 승화시킨 당나라 시인 왕유(王維, 69?-761)의 시다. 나그네는 모처럼 만난 고향 사람에게 고향에 두고 온 가족이나 친구의 소식을 묻지 않고 왜 매화 소식을 물었을까? 이에 관해서는 많은 유추가 가능하고 실제로 많은 해석이 있다. 예컨대, 가장 덜 궁금한 일에 대해 물음으로써 고향 소식 전반을 개괄한 것이라는 해석, 인품이 워낙 고상하기 때문에 무심코 사군자의 하나인 매화에 대해 물은 것이라는 해석, 고향에서 지내던 시절의 아름다운 추억을 떠올린 것이라는 해석, 그 방에 살고 있는 아내의 소식을 에둘러 물은 것이라는 해석 등이 그것이다. 나도 여기에 해석을 좀 보태고 싶다.

서울대학교 인문대학의 1동과 2동이 직각으로 연결되는 곳에 이 두 건물에 에워싸인 텃밭 같은 작은 공터가 있는데 거기에 둥치가 어른 허벅지만큼이나 굵은 등나무 두 그루가 가운데에 세워진 시렁을 향해 마주 보고 덩굴을 길게 뻗어 두꺼운 그늘을 드리운다. 그리고 그 밑에는 벤치가 몇 개 놓여 있어서 5월이면 거기에 앉아 은은한 보랏빛 향기에 취할 수 있다. 이곳이 언제부턴가 아방궁(阿房宮)이라는 분에 넘치는 이름으로 불리고 있다.

진시황제가 들으면 실소를 금치 못할 일이다.

이 아방궁의 등나무 주위에는 아방궁을 지키는 호위병이라도 되는 듯 매화나무 다섯 그루가 빙 둘러서 있다. 우리 학과 교수로 재직하시다가 10여 년 전에 퇴임하신 나의 은사님 한 분이 오래전에 심으신 나무다. 그래서 정이 더 가는 것인지 이 사실을 잘 아는 우리 학과 동문 중에는 가끔씩 이 매화나무의 소식을 묻는 사람이 있다. 며칠 전에도 그런 일이 있었다. 이 매화나무를 심으신 교수님도 참석하신 한 모임에서 우리 학과를 졸업한 모 대학 교수가 아방궁에 매화가 피었느냐고 나에게 물어본 것이다. 그러지 않아도 내가 매일같이 개화 상황을 살펴보고 있는데 아직 꽃은 피지 않았고 꽃받침을 만들기 위해 가지마다 한창 연둣빛 열꽃이 돋아나고 있는 중이다.

만약 이 시의 화자가 남방 사람으로서 오랫동안 가족이나 친구와 함께 해마다 일찍 피는 매화의 정취를 만끽해왔는데 당시에는 매화가 무척이나 늦게 피는 북방에서 외로이 객지생활을 하고 있었다면, 그러다가 어느 이른 봄날 갑자기 고향에서 온 사람을 만났다면, 지금쯤 자기 고향에는 벌써 피기 시작했을 것임에 틀림없는 매화가 몹시 그리웠을 것이다. 자신의 생체리듬으로 보면 지금쯤 매화가 피어야 할 시기인데 기온이 낮은 북방에서는 아직 매화가 필 기미가 보이지 않아 답답하기 짝이 없었을 것이다. 생각 같아서는 당장 고향으로 달려가 옛날처럼 정든 사람들과 함께 매화 향을 실컷 맡아 보고 싶었을 것이다. 화자가 고향에서 온 사람에게 자기 집 매화가 피었더냐고 물어보았을 때, 그것은 매화의 개화 여부에 대한 궁금증이었다기보다 일찌감치 매화가 피는 따뜻한 고향 마을에 대한 그리움이었다고 할 수 있을 것이다. 그리고 더 나아가 함께 그 매화를 구경하며 정을 나누었던 고향 사람들에 대한 그리움이었다고 할 수 있을 것이다.

요즘은 굳이 고향에서 사람이 오기를 기다렸다가 매화 소식을 물어볼 필요가 없다. 신문이나 방송에서 섬진강 일대에는 벌써 매화가 만개하여 상춘객이 넘쳐 난다는 식의 소식을 날마다 전해 주기 때문이다. 광양이나 하동 같은 남쪽 고을에서 올라와 오랫동안 서울에서 객지생활을 한 사람이 이런 소식을 들으면 금방 매화 향으로 코끝이 간질간질해지며 고향으로 달려가고 싶어지리라. 이것이 바로 왕유가 이 시에서 하고 싶었던 말일 것 같다.

_ 2013. 4. 1.

3. 동산의 작은 매화
山園小梅

임포(林逋)

온갖 꽃 다 진 뒤에 홀로 곱게 피어서
계절의 정취 한 몸에 모으고 작은 동산에 서 있네.
맑은 물에 비스듬히 성긴 꽃이 뻗어 있고
황혼녘에 아스라이 은은한 향기 풍겨 오네.
하얀 새가 앉고 싶어 눈길 먼저 슬쩍 주고
흰나비가 안다면 넋을 놓고 보겠네.
나직이 시 읊으며 벗할 수가 있으니
멋진 풍악 좋은 술 다 필요 없네.

衆芳搖落獨暄妍　　중방요락독훤연

占盡風情向小園　　점진풍정향소원

疏影橫斜水淸淺　　소영횡사수청천

暗香浮動月黃昏　　암향부동월황혼

霜禽欲下先偸眼　　상금욕하선투안

粉蝶如知合斷魂　　분접여지합단혼

幸有微吟可相狎　　행유미음가상압

不須檀板共金尊　　불수단판공금준

절강성(浙江省) 항주(杭州)에 가면 서호(西湖)라는 아름다운 호수가 있고 그 호수 안에 고산(孤山)이라는 조그마한 호도(湖島)가 있다. 그리고 그 섬의 동북쪽에 가면 방학정(放鶴亭)이라는 정자가 하나 있다. 이 정자는 20년 동안 매화와 학을 벗 삼으며 이 섬에서 은거한 북송 시인 임포(林逋, 967−1028)의 행적을 기리기 위해서 지은 것이다. 임포는 '매화를 아내로 삼고 학을 아들로 삼았다(梅妻鶴子)'고 일컬어질 만큼 벼슬은 물론 결혼조차 하지 않은 채 평생 동안 혼자서 매화를 가꾸고 학을 기르며 서호 일대의 아름다운 산수를 시에 담았다. 임포의 대표적인 시일 뿐만 아니라 매화를 읊은 중국 시가 가운데 첫 번째로 손꼽히는 이 시는, 온갖 꽃들이 저마다 아름다운 자태를 뽐내는 따스한 봄과 뜨거운 여름은 물론 국화가 오상고절을 자랑하는 서늘한 가을도 넘기고 모든 화초가 생기를 잃고 마는 추운 계절이 되기를 기다려, 그윽하게 그러나 의연하게 피어난 새하얀 매화의 고결함을 한껏 칭송하고 있다.

겨울 동안 바깥출입이 많지 않아 미처 모르고 있다가, 어느 날 황혼 무렵 무언가에 이끌린 듯 산책 나간 동산에서, 나는 듯 마는 듯 코끝을 간질이는 아련한 향기의 근원을 찾아 주위를 살펴보던 중, 문득 싸늘할 정도로 새하얀 순백의 매화를 발견했을 때의 환희, 그것은 매화를 아내로 삼은 임포에게는 생존의 이유 그 자체였을 것이다. 혼잡한 도회지에서 술을 마시고 풍악을 울리며 시끌벅적하게 노는 것보다 혼자서 조용히 매화를 감상하며 시를 읊조리는 것이 얼마나 더 고상하고 운치 있는 놀음인가! 평생 동안 벼슬을 마다하고 매화를 아내로 삼은 임포의 경우는 좀 유별난 편이라고 치더라도 이렇듯 결백하고 향기로운 꽃이라면 누군들 한 번쯤 가까이하고 싶지 않을까!

_ 2004. 2. 25.

4. 매화
梅花

육유(陸游)

매화 봉오리 새벽 바람에 터진다고 들었거니와
산이란 산에 하얀 눈이 가득 쌓였네.
어찌하면 이 몸이 억만 개로 나뉘어
매화나무 하나마다 방옹 하나 서 있을꼬?

聞道梅花坼曉風　　문도매화탁효풍
雪堆遍滿四山中　　설퇴편만사산중
何方可化身千億　　하방가화신천억
一樹梅花一放翁　　일수매화일방옹

■

아직 추위가 다 가시지 않은 어느 이른 봄날 잠이 채 깨지 않은 시인은 자리에 누운 채 비단 바른 창문을 쳐다본다. 오늘따라 창문 밖이 유난히 밝아 보인다.

"웬일이지?"

궁금해진 나머지 자리에서 일어나 창문을 활짝 열어젖히자 눈앞에 펼쳐진 새하얀 은세계! 온 산이 하얗다. 눈이다.

"어젯밤에 구름도 끼지 않았고 날씨도 춥지 않았는데 웬 눈이 이렇게 많이 내렸지?"

고개를 들어 하늘을 올려다보니 구름 한 점 없이 새파랗다. 눈이 왔을 리가 없다. 손으로 눈을 비비고 다시 살펴보니 그것은 눈이 아니라 매화다. 어제까지만 해도 겨우 몇 가지가 피어 있었는데 간밤에 갑자기 활짝 피어 버린 것이다. 시인은 그제야 매화는 새벽바람을 맞고 봉오리를 터뜨린다는 속설이 생각난다.

시인은 얼른 옷을 챙겨 입고 방을 나선다. 가장 가까이에 있는 매화부터 구경하기 시작한다. 눈이 부실 정도로 색깔이 결백하고 재채기가 날 정도로 향기가 은은하다. 한참 동안 넋을 잃고 구경한 뒤 옆의 나무로 옮긴다. 매화는 나무마다 서로 다른 나름대로의 운치를 지니고 있다. 갑자기 욕심이 난다.

"한 그루도 빼놓지 않고 다 구경해야겠다."

그러나 겨우 몇 그루를 구경한 시인은 눈을 들어 매화 동산을 전체적으로 둘러보며 매화나무의 수효를 가늠해 본다.

"몇 천 그루는 되겠다. 아니다. 만 그루는 족히 될 것 같아. 아니 일억 그루가 될지도 모르겠어. 이렇게 많은 매화를 어떻게 다 구경하지?"

모든 매화를 일일이 다 구경하고 싶은 욕심과 그럴 수 없는 현실 사이에서 고심하던 시인은 마침내 기상천외한 상상을 하게 된다.

"그래, 내 몸이 매화나무 수만큼 분열하는 거야. 그리하여 매화나무마다 그 앞에 하나의 나를 세우는 거야."

시인의 얼굴이 갑자기 환하게 밝아진다.

참으로 어린아이처럼 엉뚱하고 기발한 상상이다. 이것이 바로 시인으로 하여금 시를 쓰게 하는 힘이다. 이 시는 남송의 대표적 시인 육유(陸游, 1125-1209, 호 : 방옹放翁)가 일흔여덟 살에 지은 것이거니와 다른 사람 같으면 인생 다 살았다고 매사에 의욕을 잃고 있을 나이에 이렇듯 천진난만한 상상을 하다니 참으로 놀라운 일이 아닐 수 없다. 그가 9천여 수라는, 중국 역대 시인들 중에서 가장 많은 시를 남길 수 있었던 것도 이처럼 풍부한 상상력이 있었기에 가능했을 것이다.

이제 곧 산마다 하얗게 매화가 필 것이다. 전라남도 광양에도, 경상남도 하동에도 매화가 산기슭을 뒤덮을 것이다. 설사 육유가 아닐지라도 매화를 좋아하는 사람이라면 누구나 한 그루도 빼놓지 않고 다 구경하고 싶을 것이고 따라서 제각기 그 방법을 찾아볼 것임에 틀림없다. 이제 그로부터 800년이 지났으니 육유의 그것보다 더 나은 방법이 나올지도 모르겠다.

_ 2007. 2. 6.

5. 홍매
紅梅

소식(蘇軾)

걱정이 싫은 잠꾸러기 혼자 늦게 피어나
얼음같이 찬 얼굴은 철에 맞지 않을세라
복숭아꽃 살구꽃인 양 짐짓 홍조를 띠어 보나
눈서리처럼 고고한 그 자태는 여전하다.
냉담한 마음이 봄의 행태를 좋아할 리 없으련만
웬일인지 옥 살결에 술이 발그레 올랐다.
홍매에도 매화의 품격이 있는 줄을 모르고
노시인은 어찌하여 잎과 가지만 보았을까?

怕愁貪睡獨開遲　파수탐수독개지
自恐冰容不入時　자공빙용불입시
故作小紅桃杏色　고작소홍도행색
尚餘孤瘦雪霜姿　상여고수설상자
寒心未肯隨春態　한심미긍수춘태
酒暈無端上玉肌　주운무단상옥기
詩老不知梅格在　시로부지매격재
更看綠葉與青枝　갱간록엽여청지

매화에는 크게 백매·황매·홍매의 세 종류가 있다. 우리 주변에 가장 흔하게 보이는 것이 바로 백매로 날씨가 아직 채 풀리지 않은 추운 계절에 개화하기 때문에 난초·국화·대나무와 더불어 사군자라고 불릴 만큼 절개 곧은 나무로 추앙 받는다. 황매는 음력 섣달에 개화하기 때문에 '섣달'을 뜻하는 '납'자를 써서 납매(臘梅)라고도 하는데 매화 중에서 꽃이 가장 먼저 피고 향도 가장 진하다. 눈이 하얗게 쌓인 정원에 혼자 노랗게 피어서 은은한 향기를 풍기는 황매를 보면 백매보다 더 꿋꿋한 그 품격에 매료되지 않을 수 없다.

홍매는 백매보다 조금 늦게 개화하는 데다 불그스름한 빛깔을 띠기 때문에 복숭아꽃이나 살구꽃과 구분이 잘 되지 않는다. 그러기에 북송 시인 석연년(石延年)은 홍매의 생태적 특징에 주목하여 "복숭아꽃으로 보자니 푸른 잎이 없고, 살구꽃과도 다르나니 푸른 가지가 있다네(認桃無綠葉, 辨杏有靑枝)"라고 노래하기까지 했다. 하얀 바탕에 연홍색 물감을 살짝 입힌 것 같은 홍매화는 복숭아꽃이나 살구꽃처럼 화사한 면이 있는 것도 사실이지만 매화의 일원으로서 손색이 없을 만큼 고고한 품격을 지니고 있는 것 또한 사실이다.

보통의 매화인 백매보다 조금 늦게 개화하는 홍매는 마치 잠에서 깨어나면 어쩔 수 없이 맞닥뜨리게 될 현실 문제에 대한 고민이 두려워서 일부러 늦잠을 자는 철부지 소녀 같다. 이 철부지 소녀는 이미 봄이 무르익어 버렸기 때문에 백매와 마찬가지로 얼음처럼 싸늘한 표정을 짓기는 좀 민망한 듯 살며시 홍조를 띠어 보지만 그렇다고 그것이 복숭아꽃이나 살구꽃처럼 화사한 표정일 수는 없다. 홍매화에는 감히 범접할 수 없는 매화의 순결함이 깃들어 있기 때문이다.

비록 날씨가 좀 따뜻해진 뒤에 피고 빛깔도 순백은 아니지만 자세히 들여다보면 홍매화에는 매화의 고고한 품격이 갖추어져 있으므로 석연년처럼 홍매의 외형만 보고 그것의 품격을 간파하지 못하는 것은 홍매를 모욕하는 일이다. 홍매에는 매화의 품격이 있다. 이것이 이 시의 작자 소식(蘇軾, 1036-1101)의 홍매관(紅梅觀)이다.

_ 2006. 2. 8.

6. 혜숭이 그린 봄 강의 저녁 풍경
惠崇春江晚景

소식(蘇軾)

복사꽃 두어 가지 대밭 너머 피어 있고
강물이 따스한 줄 오리가 먼저 안다.
쑥 싹은 파릇파릇 갈대 싹은 뾰족뾰족
바야흐로 복어가 올라올 시절이다.

竹外桃花三兩枝　죽외도화삼량지
春江水暖鴨先知　춘강수난압선지
蔞蒿滿地蘆芽短　루호만지로아단
正是河豚欲上時　정시하돈욕상시

지난겨울은 유난히도 추웠다. 눈이 한 번 내리면 좀처럼 녹지 않아 다니기에 여간 불편하지 않을 지경이었다. 그야말로 전장에서 날카로운 창으로 쉬지 않고 적을 찔러 대는 동'장군'의 기세 그것이었다.

그러던 동'장군'이 따스한 봄'처녀'의 숨결에 그만 슬그머니 창을 거두고 만 듯하다. 아직 어쩌다 한 번씩 꽃샘 추위가 몰려오기는 해도 지난겨울의 혹한에 비하면 아무것도 아니다. 겨울에는 동장군이 창끝으로 얼굴을 사정없이 찔러 댔다면 지금은 가끔씩 장난기 발동한 봄처녀가 솔잎으로 손등을 콕콕 찔러 보는 격이다.

봄이 온 줄을 어떻게 알았는지 강에는 이름 모를 새들이 게으르게 헤엄치고 양지 바른 언덕 밑에는 벌써 쑥이 뾰족뾰족 고개를 치켜든다. 풀어헤친 치매 노파의 머리카락인 양 휘늘어진 가지가 온통 칙칙하고 푸석하던 수양버들도 노릇노릇 새잎이 돋아 금발 미인으로 변신했다. 참 신통한 일이다. 기후의 변화에는 사람보다 미물들이 더 민감한 법이거늘 사람이 봄기운을 느끼는데 미물들이 어찌 그것을 못 느끼랴! 이렇게 생각하면서도 겨우내 냉동한 고기처럼 꽁꽁 얼어 있던 대지에서 어김없이 새싹이 돋고, 작년 가을 이후 그림자도 보이지 않던 물새들이 귀신같이 알고 강을 찾아와 노니는 것을 보면 대자연의 조화가 새삼 신비롭게 느껴진다.

이 시는 북송 시인 소식(蘇軾, 1036-1101)이 승려 혜숭(惠崇, ?-1013)이 그린 <봄 강의 저녁 풍경(春江晚景)>이라는 제목의 그림을 보고 그것을 시로 변환시킨 제화시(題畵詩)다. 혜숭은 시를 잘 지어 구승시인(九僧詩人)이라고 불리는 북송 초기의 아홉 시승들 중에서도 첫손 꼽히는 사람인 동시에 풍경화를 잘 그린 뛰어난 화가이기도 했는데 애석하게도 그가 그린 <봄 강의 저녁 풍경(春江晚景)>은 전해 오지 않는다. 다만 불행 중 다행으로 소식의 이 시를 통하여 그 면모를 짐작할 수는 있는바, 이 시에는 이른 봄의 정경이 눈에 선할 정도로 형상감 있게 그려져 있다.

동파(東坡)라는 호로 더 잘 알려져 있는 소식은 문학·서예·그림 등의 문예 방면에서 두루 커다란 족적을 남겼을 뿐만 아니라 요리에도 일가견이 있어 근 천 년이 지난 지금도 세계적 요리 가운데 하나로 인구에 회자되는 동파육(東坡肉)을 개발했거니와 그는 복어 요리를 무척이나 좋아했다고 한다. 어느 날 복어 요리를 잘하는 어떤 사람이 소식을 초청하여 자신의 복어 요리를 맛본 후 평가를 좀 해 달라고 부탁했다. 그런데 소식은 주인의 부탁을 잊었는지 아무 말도 하지 않고 복어 요리만 먹었다. 주인이 실망하고 있을 때 마침내 소식이 입을 열었다.

"죽을 때 죽더라도 한 번 먹어 볼 만하네요."

소식이 복어를 좋아한 사실이 요식업계에 꽤나 잘 알려져 있는지 서울 여의도에 '소동파복집'이라는 간판을 건 음식점이 하나 있었다. 나는 몇 년 전에 인터넷을 통해 우연히 이 사실을 알고 함께 소식 시를 공부하던 대학원 학생들과 함께 그 식당을 찾아간 적이 있었다. 그러나 종업원은 소식과 복어의 관계에 대해서는 잘 모르는 눈치였다.

나도 복어 요리를 어지간히 좋아하지만 복어의 생태에 대해서는 문외한인데 소식의 이 시를 보면 지금이 바로 복어가 산란하러 강으로 올라올 때임을 알 수 있다. 여의도의 그 복집이 아직도 있는지 다시 한 번 가 보고 싶어진다.

_ 2013. 3. 23.

7. 봄이 온 줄 몰랐더니
春日郊外

당경(唐庚)

성안에선 아직까지 봄이 온 줄 몰랐더니
성밖에는 노르스름 느릅나무 홰나무 물오른다.
높은 산은 눈이 남아 한결 더 아름답고
맑은 강은 물이 불어 수양버들 잠겼는데
꾀꼬리는 햇볕 받으며 사람처럼 재잘대고
풀잎은 바람 맞아 한약 향기를 풍겨 댄다.
이 강가에 아무래도 멋진 시가 있는 것 같아
그대 위해 찾아보건만 보일 듯 보일 듯 안 보인다.

城中未省有春光　　성중미성유춘광
城外楡槐已半黃　　성외유괴이반황
山好更宜餘積雪　　산호갱의여적설
水生看欲倒垂楊　　수생간욕도수양
鶯邊日暖如人語　　앵변일난여인어
草際風來作藥香　　초제풍래작약향
疑此江頭有佳句　　의차강두유가구
爲君尋取却茫茫　　위군심취각망망

도시 사람들은 봄이 오는 것을 잘 못 느낀다. 봄은 풀과 나무에 먼저 오는데 도시에는 풀과 나무가 별로 없기 때문이다. 도시 사람들은 달력을 보고 봄의 귀환을 짐작한다. 그리하여 유달리 봄을 좋아하는 사람은 혼자서 살짝 교외로 나가 본다. 봄은 자기를 좋아하는 사람을 실망시키지 않는다. 봄은 대개 달력에 맞춰 오기 때문이다. 혹시나 하고 혼자 살짝 교외로 나가 보았더니 아니나 다를까 거기에는 벌써 봄이 성큼 다가와 있었다. 봄은 한창 느릅나무와 홰나무에 자리 잡고 앉아서 갓난아이의 살결처럼 투명할 정도로 여린 연둣빛 속잎을 빚어내는 중이었다. 높은 산에는 아직 눈이 남아 찬 기운을 자아내고 있었지만 이미 노쇠해진 동장군에게는 더 이상 오는 봄을 막을 힘이 없는 모양이었다.

얼었던 땅이 녹으면서 강물이 불어난 덕분에 수면은 거울처럼 맑고 잔잔하다. 그리하여 강물에 거꾸로 잠겨 있는 수양버들의 모습이 더욱 선명하다. 아직은 약간 쌀쌀한 느낌이 드는지 버드나무 위의 꾀꼬리들은 햇볕이 잘 드는 양지쪽에 앉아서 무어라고 재잘재잘 수다를 떨어 댄다. 마치 먼 여행에서 돌아와 오래간만에 다시 만난 친구와 그동안에 쌓인 회포를 푸는 소녀 같다. 그때 어디선가 향긋한 바람이 불어와 코끝을 간질인다. 싱그러운 약초에서 날아온 향기다. 그림 같은 장면이란 바로 이런 것을 가리키는 말일 것이다.

이렇듯 그림 같은 장면 앞에서 어찌 시가 한 수 없을 수 있겠는가? 멋진 시를 한 수 지어서 친구에게 자랑해야겠다. 나는 이미 이렇게 아름다운 봄을 보았노라고 말이다. 그런데 막상 붓을 들고 보니 적당한 시구가 떠오르지 않는다. 자꾸만 입가에서 맴돌다가 사라질 뿐이다. 아마 봄을 맞은 대지가 너무나 아름다워서 말로는 도저히 표현해 낼 수가 없기 때문일 것이다. 그리고 시를 아무렇게나 쓰지 못하는 자신의 마음가짐 때문이기도 할 것이다. 이 시는 멋진 시구를 찾아내기 위해 온갖 정성을 다 들인 것으로 평가되는 북송 시인 당경(唐庚, 1071-1121)의 시이거니와 이 시에도 그의 이러한 작시 태도가 여실히 드러나 있다.

_ 2005. 2. 10.

8. 과주에 배를 대고
泊船瓜洲

왕안석(王安石)

과주에서 경구까진 강 하나 사이
몇 겹 산 저 너머가 내 고향 종산
춘풍은 또 파릇파릇 둑을 물들이는데
명월은 언제나 돌아오는 날 비출까?

京口瓜洲一水間 경구과주일수간
鍾山只隔數重山 종산지격수중산
春風又綠江南岸 춘풍우록강남안
明月何時照我還 명월하시조아환

■

이것은 북송의 유명한 정치인이요 뛰어난 문장가인 왕안석(王安石, 1021-1086)의 시다. 그는 송나라를 부강한 나라로 만들어 보겠다는 일념으로 원로대신들의 강력한 반대에도 불구하고 균수법·청묘법·면역법·보갑법 등의 각종 신법(新法)을 무리하게 강행하다 실패하여 희령 7년(1074) 4월 재상직을 내놓고 강녕(江寧, 지금의 강소성江蘇省 남경南京 일대) 태수로 밀려났다.

그러나 이듬해 2월에 그는 다시 재상에 임명되어 도성인 개봉(開封)으로 들어가게 되었다. 양주(揚州) 남쪽에 있는, 대운하(大運河)와 장강(長江)이 합류하는 지점의 오래된 나루터 과주에 이르렀을 때 그는 잠시 배를 세우고 강녕을 돌아보았다. 강녕은 자신이 젊었을 때부터 오랫동안 살아왔고 부모의 산소가 있을 뿐만 아니라 최근에는 자신이 태수를 지내기까지 하여 정이 들 대로 든 곳이었다. 과주에서는 장강 남쪽의 고을인 경구(京口, 지금의 강소성 진강鎭江)가 빤히 바라다보였고 경구 뒤로 몇 겹의 나지막한 산이 보였다. 그 너머는 바로 부모의 산소가 있고 자신의 체취가 배어 있는 종산(鍾山, 지금의 강소성 남경에 있는 자금산紫金山)일 것이었다.

때는 바야흐로 온갖 초목이 소생하기 시작하는 이른 봄, 몇 달 동안 대지를 꽁꽁 얼어붙게 만들었던 동장군이 봄바람의 위력 앞에 기세가 꺾여 슬그머니 꽁무니를 빼는 바람에, 도무지 녹을 것 같아 보이지 않던 얼음이 조금씩 녹아내려 계곡에 졸졸 물이 흐르기 시작하고 산과 들이 온통 티 없이 맑은 연둣빛 새싹에 뒤덮여 녹색 천지를 이루고 있었다. 위대한 대자연의 조화에 혀를 내두르고 있노라니 어디선가 훈훈한 봄바람이 불어와 풀잎을 살랑살랑 흔들며 지나갔다. 그렇다. 대지를 이렇게 녹색 천지로 만든 힘은 바로 저 봄바람이었다.

지난번의 실패로 인한 공포감과 이번에는 잘해 볼 수 있을 것 같은 자신감이 교차하는 가운데 막중한 사명감을 절감하며 조정으로 들어가는 그에게 그것은 하나의 의미심장한 계시였다. 이번에는 회초리 대신 따스한 봄바람으로 신법을 시행해 보리라. 그리하여 하루빨리 조국을 부유하고 강성한 나라로 만들어 놓으리라. 그런 다음 다시 종산으로 돌아와 편안한 마음으로 영원히 이곳에서 은거하리라. 그 순간 그의 뇌리에 이런 생각들이 스쳐 갔을 것이다.

이 시의 묘미는 세 번째 구절의 '록(綠: 푸르게 하다)'자에 있다. 이 '록'자는 만물이 소생하는 이른 봄의 정경을 독자들 눈앞에 형상감 있게 펼쳐 보인다. 그야말로 봄바람이 살랑살랑 얼굴을 간질인 뒤 저 멀리 강둑으로 달려가 아직까지 겨울잠에서 깨어나지 못한 온갖 초목을 흔들어 깨워 연둣빛 새 옷을 입히는, 마치 마술사의 손이 지나간 듯한 신비로운 모습을 눈앞에 펼쳐 준다. 왕안석은 이 자리에 먼저 '도(到: 이르다)'·'과(過: 지나가다)'·'입(入: 들어오다)'·'만(滿: 가득 차다)' 등 10여 자의 다른 글자를 이리저리 써 보다가 마침내 '록(綠)'자로 결정했다는 일화가 있다. 두보(杜甫)의 시를 배우려고 노력한 왕안석의 진지한 작시 태도를 엿보게 하는 일화다.

_ 2005. 3. 8.

9. 한식날 풍경
寒食城東卽事

왕유(王維)

복숭아 자두 우거진 숲에 맑은 개울 한 줄기
한들거리는 부들 속에 잠겨 있는 미나리
개울가엔 인가 몇 채 늘어서 있고
꽃잎은 절반이나 개울물에 떨어졌네.
축구공은 이따금 새보다 높이 올라가고
그네는 앞다투어 버드나무에서 나오네.
젊을 때는 날마다 마음껏 놀아야지
청명절과 삼짇날을 기다릴 것 없다네.

淸溪一道穿桃李　　청계일도천도리

演漾綠蒲涵白芷　　연양록포함백지

溪上人家凡幾家　　계상인가범기가

落花半落東流水　　락화반락동류수

蹴踘屢過飛鳥上　　축국루과비조상

秋千競出垂楊裏　　추천경출수양리

少年分日作遨遊　　소년분일작오유

不用淸明兼上巳　　불용청명겸상사

■

화사하게 꽃을 피운 복숭아나무와 자두나무의 숲, 그 사이를 헤치고 맑은 개울이 한 줄기 지나간다. 그리고 눈을 돌려 과수원 밑을 보면 봄바람에 한들한들 부들이 춤을 춘다. 과수원의 복숭아꽃과 자두꽃이 온통 물 위에 다 떨어진 듯 벌겋게 물든 개울을 따라 조금 더 내려가면 시냇가에 인가가 몇 채 줄지어 서 있다. 다 해 봐야 열 집이 안 될 것 같은 작은 마을이다. 그 마을의 젊은이들이 청명절을 맞아 한데 모여서 흥겹게 놀고 있다.

한쪽에서는 한창 힘이 좋은 마을 청년들이 있는 힘을 다해 공을 차는 바람에 공이 자주 나직이 비상하는 새를 깜짝 놀라게 하며 새보다 더 높이 솟구쳐 올라가고, 또 한쪽에서는 동네 처녀들이 그네를 타고 누가 더 높이 올라가는지 내기라도 하는 듯 번갈아 가며 물이 살짝 오른 수양버드나무를 박차고 나온다. 이렇게 농번기가 닥쳐오기 전에 여한 없이 놀아 두는 것은 작업 능률의 극대화를 위하여 필요한 일이다.

왕유(王維, 701-761)는 시뿐만 아니라 그림도 잘 그렸다. 그는 특히 사물의 겉모양을 그럴듯하게 잘 그리는 것보다 사물 속에 내재해 있는 정신을 잘 포착하여 형상화해 내는 것이 중요하다고 주장하여 중국 문인화의 창시자가 되었다. 소식(蘇軾)은 <남전의 안개비(藍田煙雨

圖)>라는 그의 그림을 보고 "마힐(왕유의 자)의 시를 음미해 보면 시 속에 그림이 있고, 마힐의 그림을 보면 그림 속에 시가 있다(味摩詰之詩, 詩中有畫; 觀摩詰之畫, 畫中有詩)"라고 평한 적이 있다. 시와 그림에 다 뛰어난 사람으로서 시는 말하는 그림이요 그림은 말 없는 시라는 이치를 잘 구현했다는 말이다.

이 시를 보면 소식의 이 말이 정말로 실감 난다. 이것은 평화로우면서도 생동감 넘치는 농촌의 봄 풍경을 그린 한 폭의 풍경화다. 이것은 서로 정겹게 살아가는 어느 시골 마을의 세시 풍속을 그린 한 폭의 풍속도다.

_ 2006. 3. 8.

10. 강산에 봄이 오니
絶句

두보(杜甫)

해 길어진 봄날의 아름다운 강과 산
바람이 살랑 불자 날아오는 꽃향기
진흙이 녹녹하여 제비가 바삐 날고
모래가 따뜻하여 원앙이 존다.

遲日江山麗　　지일강산려
春風花草香　　춘풍화초향
泥融飛燕子　　니융비연자
沙暖睡鴛鴦　　사난수원앙

사천성(四川省) 성도(成都) 서쪽에 완화계(浣花溪)라는 조그만 강이 있다. 이 강은 동남쪽으로 흘러 민강(岷江)과 합류하고 민강은 다시 장강(長江) 즉 양자강(揚子江)으로 흘러든다. 그러니까 완화계는 양자강의 지류 가운데 하나인 셈이다.

성도는 금성(錦城)이라고도 불렸을 정도로 옛날부터 비단 생산지로 유명한데 성도 사람들은 비단을 짠 뒤 이 강에서 빨았다고 한다. 이 강에서 빨면 비단이 유달리 깔끔하고 광택이 났기 때문이라고 한다. 그래서 이 강은 탁금강(濯錦江) 또는 금강이라고 불리기도 한다.

젊은 시절에 여기저기 돌아다니며 온갖 고생을 다 한 두보(杜甫, 712-770)는 만년에 이르러 마침내 성도로 들어가서 이 완화계 가에다 초가집을 한 채 지어 비교적 평화롭고 안정된 생활을 했다. 이것이 이른바 완화초당인데 요즘은 이것을 두보초당이라고 부른다. 이 시는 두보가 완화초당에서 비교적 평화롭게 지내던 광덕 2년(764) 봄에 지은 것이다.

9년 동안 지루하게 끌어오던 안사(安史)의 난이 끝나고 처음으로 맞이한 평화로운 봄이다. 정치의 봄이 왔기 때문일까? 완화계에 찾아온 자연의 봄도 한결 아름다워 보인다. 제법 길어진 해가 따사로이 대지를 데우는 나른한 봄날, 산에는 갖가지 꽃이 흐드러지게 피어서 저마다 아름다움을 자랑하고 있는데 이따금 그 꽃에서 나는 은은한 향기가 봄바람을 타고 날아와 후각을 자극한다. 그리고 강가에는 봄이 온 줄을 어떻게 알았는지 겨우내 꼼짝 않고 숨어 있던 원앙새 한 쌍이 나란히 모래밭으로 나와 꼬박꼬박 졸면서 봄 햇살을 즐긴다. 강남 갔던 제비도 어김없이 돌아와 졸고 있는 원앙새 옆을 부지런히 날아다니며 둥지를 짓기 위해 진흙을 물어 나른다. 겨울이 가고 삼라만상이 생기를 되찾은 것이다.

시는 말하는 그림이라고 하거니와 이 시는 두보의 시 중에서도 회화적 성격이 특히 강한 작품으로 평가된다. 그러나 한 폭의 멋진 풍경화라는 말만으로는 이 시의 특성을 제대로 표현하지 못하는 듯한 느낌이 든다. 이 시에는 산뜻한 색채가 있을 뿐만 아니라 은은한 향기도 있고 분주한 움직임도 있기 때문이다. 그러므로 이 시는 차라리 이른 봄의 정경을 찍은 한 편의 동영상이라고 하는 편이 나을 것 같다.

_ 2004. 3. 10.

11. 양귀비 찬가
清平調詞

이백(李白)

노을 같은 그대의 옷 꽃 같은 그대 얼굴
봄바람이 난간에 불 때 이슬 머금은 모란꽃
군옥산 꼭대기서 본 것이 아니라면
요대의 달 밑에서 만났음에 틀림없다.

雲想衣裳花想容　　운상의 상화상용
春風拂檻露華濃　　춘풍불함로화농
若非群玉山頭見　　약비군옥산두견
會向瑤臺月下逢　　회향요대월하봉

당나라 태종이 신라 선덕여왕에게 모란꽃 그림과 모란 씨 석 되를 보낸 사실을 통하여 짐작할 수 있듯이 당나라 때에는 궁중에서 모란을 무척 좋아했다. 현종이 머물렀던 흥경궁(興慶宮)의 침향정(沈香亭) 주위에도 모란이 많이 심어져 있었다. 어느 봄밤에 현종은 양귀비(楊貴妃)를 데리고 모란꽃을 구경하러 침향정으로 갔다. 짐작했던 대로 모란꽃이 흐드러지게 피어 있고 마침 달도 높이 떠서 휘영청 맑은 빛을 뿌리고 있었다. 경국지색과 더불어 아름다운 꽃과 따스한 봄밤의 정취에 흠뻑 취한 현종이 이백(李白, 701-762)을 불러와서 흥을 돋우게 하라고 명했다. 당시 이백은 황제가 시키면 그를 위해 시문을 지어 바치는 한림공봉(翰林供奉)이라는 관직을 맡고 있었는데 그 시간에는 이미 퇴청하여 장안(長安, 지금의 섬서성陝西省 서안西安) 시내 술집에서 사생활을 즐기고 있었다.

이미 인사불성으로 취해 있던 그는 억지로 침향정까지 끌고 와서 얼굴에 찬물을 한바탕 끼얹고 나서야 정신이 좀 돌아왔다. 그는 당시 최고의 권세를 누리고 있던 환관 고력사(高力士)의 부축을 받으며 현종 앞으로 나아가 양귀비가 먹을 갈아 벼루를 받쳐 들고 있는 상태에서 <양귀비 찬가(淸平調詞)> 세 수를 일필휘지로 갈겨썼

다. 모두 양귀비의 아름다움을 칭송한 시였다. 이것은
그 가운데 첫 번째 작품이다.

중국 전설에서 군옥산은 서왕모(西王母)라는 선녀가 산
다는 산이고, 요대 역시 신선들이 모여 산다는 곳이다.
그러니 군옥산에서 보았거나 요대에서 보았거나 두 곳
중의 한 곳에서 본 것임에 틀림없다면 양귀비는 선녀일
수밖에 없는 것이다. 낯이 좀 간지러울 정도로 양귀비에
대한 칭송이 지나치지만, 당시 그가 맡고 있던 직책이나
그 자리의 분위기, 그리고 그에게 주어진 주제를 감안하
면 이해 못할 일도 아니다. 어쨌든 이백의 대표작 가운
데 하나로 꼽히는 이 시는 비유와 표현이 타의 추종을
불허할 만큼 참신하고 기발하여 감칠맛을 낸다.

중국 사람들은 흔히 '낙양모란갑천하(洛陽牡丹甲天下)'
라고들 한다. 낙양의 모란이 천하에서 으뜸이라는 말이
다. 그만큼 하남성(河南省) 낙양에는 옛날부터 모란이
많고 또 거기서 개발된 새로운 품종도 다양하여 역대 시
인들이 즐겨 시의 소재로 삼았다. 그 전통이 이어져 내
려와 오늘날에도 낙양에서는 해마다 낙양국제모란문화
제를 열어 각종 문화 행사를 거행하기 때문에 모란을 좋
아하는 세계 각국 사람들이 모여들어 모란꽃도 구경하
고 문예 작품도 창작한다.

모란꽃이 피는 시기는 지역에 따라 차이가 있겠지만

1992년 4월 말에 당나라 문인 한유(韓愈, 768-824)의 고향인 하남성 맹현(孟縣)에서 개최된 제1회 국제한유학회에 참가한 뒤 거기서 멀지 않은 낙양으로 모란꽃을 구경하러 간 적이 있었는데 애석하게도 낙양의 왕성공원(王城公園)에는 그때 이미 모란꽃이 거의 다 지고 극소수만 남아 있는지라 "모란이 지고 말면 그뿐, 내 한 해는 다 가고 말아, 삼백 예순 날 하냥 섭섭해 우웁니다"라고 한 김영랑 시인의 심정이 되고 말았으니 4월 중순인 지금이야말로 낙양의 모란이 절정을 맞지 않았을까 싶다. 그리고 당나라의 도성이었던 서안(西安)은 낙양보다 약간 더 남쪽에 있으니 거기도 지금쯤 모란꽃이 한창 만발해 있을 것 같다.

현종이 황제가 되기 전에 살았던 잠저(潛邸)요 황제가 된 뒤에도 양귀비와 함께 오랫동안 머물렀던 궁전인 흥경궁, 당시에는 황실 관련 인사들이나 드나들 수 있던 그 궁전이 지금은 인민공원으로 바뀌어 신분의 고하를 막론하고 누구나 출입할 수 있게 되었다. 금석지감을 넘어 상전벽해의 느낌마저 든다.

달빛이 휘영청 밝은 밤을 골라 흥경궁공원으로 침향정을 찾아간다면 우리 같은 필부도 이제 현종이 양귀비와 함께 즐기던 봄밤의 정취를 맛볼 수 있겠지? 왕성공원이든 흥경궁인민공원이든 언젠가 다시 한 번 사방에 모란

꽃이 흐드러지게 핀 곳을 찾아가서 20년 전에 잃어버린
절호의 기회를 되찾고 싶은데 과연 그럴 기회가 다시 올
지 모르겠다.

_ 2013. 4. 15.

12. 전원에 봄이 오니

春日田園雜興

범성대(范成大)

땅에 기름기 돌려 할 제 봄비가 자주 내려
오만 가지 풀과 꽃이 순식간에 다 피었다.
집 뒤꼍의 묵은 땅엔 잡초가 새파란데
이웃집 죽순이 담을 뚫고 넘어왔다.

土膏欲動雨頻催　토고욕동우빈최
萬草千花一餉開　만초천화일향개
舍後荒畦猶綠秀　사후황휴유록수
隣家鞭筍過牆來　린가편순과장래

지구온난화 현상으로 겨울이 따뜻해졌다고 입방아를 찧어 대는 인간들을 응징한 것일까? 지난겨울에는 날씨가 무척 춥고 눈도 유난히 많이 내렸다. 이런 말을 하면 깨끗하고 아름다운 눈을 모독한다고 비난하는 사람이 있을지도 모르지만, 나는 눈이 많이 오는 바람에 길이 미끄럽고 질퍽거려서 꽤나 지겨워했던 것이 사실이다. 그런데 며칠 전에 보니 인문대학 1동과 2동 사이에 있는 아방궁의 매화나무에 꽃봉오리가 맺히기 시작했다. "이제 하늘에 더 이상 내릴 눈이 없어서 매화로 눈을 대신하는가 보다" 하며 무척이나 반가워했었다. 마침 봄비가 내린 직후인지라 비를 맞은 흙에 윤기도 도는 것 같았다. 이제 곧 온 대지에 소생의 활기가 넘칠 것이라는 생각이 들면서 문득 남송 시인 범성대(范成大, 1126–1193)의 이 시가 떠올랐다.

이 시는 범성대가 고향인 소주(蘇州)로 돌아가 태호(太湖) 부근의 석호(石湖)에 은거하던 때인 순희 13년(1186)에 농촌 생활의 이모저모를 그린 <사시전원잡흥(四時田園雜興)> 60수 가운데 한 수다. 농촌에서 흔히 볼 수 있는 예사로운 광경들이지만 대시인의 손을 거치면서 이토록 아름답고 정겨운 모습으로 바뀌었다. 봄비를 촉촉이 맞아 나날이 싱싱해져 가는 온갖 초목과 그것들 사이사이에 함초롬히 이슬을 머금은 채 형형색색으로 피어 있는 청초한 봄꽃들이 마치 눈에 보이는 듯하다. 게다가 이웃집의 대나무 뿌리가 담장 밑으로 파고들어와 거기서 뾰족뾰족 죽순이 돋아 있으니 대자연의 힘이란 참으로 위대하지 않은가!

아방궁에서 매화 봉오리를 보고 나서 다시 며칠이 더 지나니 우리 아파트 정원의 산수유가 제법 흐드러지게 피었다. 그 옆에는 또 하얀 목련과 분홍색 진달래도 피어 있었다. 서울대학교 후생관 앞의 개나리에도 병아리 수만 마리가 몸통은 숨긴 채 주둥이만 쏙쏙 내밀고 있고, 자하연을 지키는 늙은 버드나무가 초상당한 초로의 부인처럼 부스스하게 늘어뜨리고 있던 빛바랜 머리카락도 몇 달 만에 다시 연노랑으로 염색되어 산뜻한 금발로 바뀌었다. 세한의 절개를 자랑하는 소나무와 향나무도 여름과 달리 겨울 동안에는 푸석푸석한 자태로 지친 듯이 서 있었는데 요 며칠 사이에 부쩍 얼굴에 화색을 띠고 회춘을 과시한다. 이 모두가 불과 일주일 사이의 일이다. 봄이 오는 속도는 천 년 전과 지금이 다르지 않은 모양이다.

우리 고향집 뒤꼍에도 범성대의 집처럼 잡초가 더부룩이 나 있었다. 잡초는 매년 봄이 오면 생겼다가 겨울이 오면 없어지기를 반복했다. 그리고 또 그 잡초 덤불 사이로 막 돋아난 가녀린 대나무 순이 고개를 내밀기도 했다. 어릴 적에 처음으로 그것을 보았을 때 나는 "우리 집에는 대나무가 없는데 어떻게 된 일일까?" 하고 의아해하다가 뒷집에 있는 대밭에서 담을 뚫고 넘어온 것임을 알고는 무척이나 신기하게 생각했었다.

대나무 순이 있는 바로 그 자리에는 담이 다른 곳보다 조금 낮았다. 일부러 낮게 쌓은 것이 아니라 뒷집 아주머니와 우리 어머니의 소매에 스쳐서 흙담의 윗부분이 뭉개진 것이었다. 그곳은 바로 뒷집과 우리 집의 인정이 오고가던 통로였다. 뒷집에서 고구마를 삶으면 그곳을 통해 우리 집으로 한 바가지가 넘어오고, 우리 집에서 호박죽을 끓이면 그곳을 통해 뒷집으로 한 양푼이 넘어갔다. 제사를 지낸 다음 날이면 고기반찬이 넘나들기도 하고 추수가 끝난 늦가을이면 추어탕 그릇이 날아다니기도 했다.

지금도 봄이 오면 뒷집 대나무 순이 담을 뚫고 몰래 숨어 들어와 고향집 뒤꼍을 엿보고 있을까?

_ 2010. 4. 8.

13. 봄은 왔건만
春望

두보(杜甫)

나라가 망가져도 산하는 건재하여
성안에 봄이 오니 초목이 무성하네.
시절이 수상하여 꽃이 눈물 흘리고
이별이 한스러워 새가 깜짝 놀라네.
봉화가 삼월까지 끊임없이 피어올라
집에서 온 편지는 만금 줘도 못 사네.
흰머리는 긁는 통에 더욱 숱이 적어져
비녀가 자꾸만 빠지려 하네.

國破山河在　　국파산하재

城春草木深　　성춘초목심

感時花濺淚　　감시화천루

恨別鳥驚心　　한별조경심

烽火連三月　　봉화련삼월

家書抵萬金　　가서저만금

白頭搔更短　　백두소갱단

渾欲不勝簪　　혼욕불승잠

■

현종이 양귀비(楊貴妃)와의 사랑에 눈이 멀어지면서, 태종이 이룩한 '정관(貞觀)의 치(治)'에 이은 또 하나의 전성시대로 당나라의 도성 장안(長安, 지금의 섬서성陝西省 서안西安)을 세계 굴지의 국제도시요 동아시아의 중심 도시로 만든, '개원(開元)의 치(治)'라고 불리던 선정(善政)과 평화의 시대는 막을 내리고 급기야 안사(安史)의 난이 일어나 당나라 천하를 쑥대밭으로 만들고 말았다.

안록산(安祿山)은 범양(范陽, 지금의 북경北京)에서 군사를 일으켜 천보 14년(755) 11월, 8천 명이 넘는 대군을 이끌고 하북평원(河北平原)을 남하하여 12월에는 낙양(洛陽)을 점령하고 이듬해인 천보 15년(756) 1월에는 마침내 스스로 황제가 되어 국호를 연(燕)이라고 했다. 조정은 20만 군사를 동원하여 가서한(哥舒翰)으로 하여금 관군을 지휘하여 동관(潼關, 지금의 섬서성 동관)을 지키면서 낙양을 탈환하라고 지시했다. 그러나 관군은 낙양을 탈환하기는커녕 동관조차도 지켜 내지 못했다.

천보 15년 6월, 장안에서 100킬로미터 남짓 떨어진 동관을 무너뜨린 안록산의 반군은 파죽지세를 몰아 순식간에 장안으로 쳐들어갔다. 대경실색한 현종과 귀족들은

모두 촉(蜀) 지방(지금의 사천성四川省 일대)으로 도망
가고 현종과 헤어진 황태자 이형(李亨)은 도성을 반군
에게 내준 채 장안 서북쪽에 있는 영무(靈武, 지금의 영
하회족자치구寧夏回族自治區 청동협靑銅峽 북쪽)에서 즉
위하여 숙종(肅宗)이 되었다. 부주(鄜州, 지금의 섬서성
부현富縣)에 있다가 숙종이 즉위했다는 소식을 들은 두
보(杜甫, 712-770)는 새로 즉위한 숙종을 배알하기 위
해 가족을 부주에 두고 혼자 영무로 가는 도중에 그만
반군에게 붙잡혀 장안으로 압송되었다.

이 시는 두보가 반군에게 붙잡혀 장안에 억류되어 있을
때인 지덕 2년(757) 봄, 대자연은 인간의 일에는 관심
이 없다는 듯 폐허가 되어 볼썽사나운 주인 잃은 장안성
에 무심하게도 초목이 우거진 광경, 즉 빼앗긴 들에 봄
이 온 광경을 바라보면서 자연의 봄은 왔건만 정치의 봄
은 기미도 보이지 않음에 대한 안타까운 심정을 토로한
것이다.

_ 2005. 5. 9.

14. 오의항
烏衣巷

유우석(劉禹錫)

주작교 근처에는 들풀에 꽃이 피고
오의항 어귀에는 석양이 비꼈는데
지난날의 왕씨 사씨 대청 앞의 제비가
지금은 평민들의 집으로 날아든다.

朱雀橋邊野草花　　주작교변야초화

烏衣巷口夕陽斜　　오의항구석양사

舊時王謝堂前燕　　구시왕사당전연

飛入尋常百姓家　　비입심상백성가

강소성(江蘇省) 남경시(南京市) 남부에 있는 부자묘(夫子廟) 정문에서 나와 진회하(秦淮河)를 끼고 오른쪽 즉 서쪽으로 조금 가다가 문덕교(文德橋)라는 작은 다리를 통해 진회하를 건너면 하얀 석회벽에 '오의항(烏衣巷)'이라는 녹색 글자가 새겨진 좁다란 골목이 하나 나온다. 골목길로 접어들면 오른쪽에 왕도사안기념관(王導謝安紀念館)이 있고 왼쪽에 빛바랜 민가들이 늘어서 있다. 여기가 중당(中唐)의 대시인 유우석(劉禹錫, 772-842)의 시상을 자극한 역사적인 골목이다.

남경은 삼국시대의 오(吳, 222-280)나라가 도읍으로 삼은 이후 40년 뒤에 동진(東晉, 317-420)이 또 도읍으로 삼고, 뒤이어 이른바 남조(南朝)라고 불리는 송(宋, 420-479)·제(齊, 479-502)·양(梁, 502-557)·진(陳, 557-589)이 연달아 도읍으로 삼은 유서 깊은 도시다. 그렇기 때문에 중국 역사에서 남경에 도읍을 정한 이들 여섯 나라를 통틀어 육조(六朝)라고 부른다. 이들 여섯 나라 가운데 존속 기간이 가장 길었던 나라가 동진인데 이 나라에서 가장 강력한 권세를 행사한 집안이 왕도(王導)와 사안(謝安)을 대표로 하는 왕씨 집안과 사씨 집안이었다. 오의항은 바로 이 왕씨 집안과 사씨 집안의 집단 거주지였다. 오의항이라는 지명도 당시

왕씨와 사씨의 자제들이 까마귀처럼 까만 옷을 입고 다닌 사실에서 비롯되었다고 알려져 있다.

동진이 망하고 400년쯤 지난 어느 날, 이 유서 깊은 고을에 들른 시인 유우석은 진회하를 따라서 주작교를 지나 오의항으로 들어갔다. 때는 바야흐로 초목들이 저마다 생기를 되찾고 있는 이른 봄날의 황혼녘이었다. 강가에 각종 야생화들이 각양각색의 꽃을 피우고 있었다. 그러지 않아도 화사한 꽃잎이 발간 석양까지 받고 있어서 더욱 아름다웠다. 한때 한 나라를 들었다 놓았다 하던 최고의 권세가들이 살던 곳을 한번 구경한다는 생각으로 잔뜩 기대에 부푼 채 오의항에 발을 들여놓는 순간 시인은 자신의 눈을 의심하지 않을 수 없었다.

마침 제비들이 삼삼오오 둥지를 찾아드는데 눈으로 뒤를 쫓아가 보니 그것들이 둥지를 튼 곳은 작고 꾀죄죄한 보통 백성의 집이었다. 자신의 눈을 의심하며 몇 번이고 주위를 둘러보았지만 자기 상상 속의 으리으리한 기와집 같은 것은 눈에 뜨이지 않았다. 거기가 바로 그 옛날 왕씨 집안과 사씨 집안이 세도를 떨치며 살았다는 오의항임에 틀림없는데 이제는 여느 시골 마을과 다를 바 없는 평범한 백성들의 마을로 변해 있었다. 따져 보면 강산이 변해도 수십 번은 변했을 긴 세월이 지났으니 어떻게 변하지 않을 수 있을까 싶었지만 그래도 권력이 너무

허망하고 인생이 정말 덧없다는 생각이 엄습하는 것을 어쩔 수가 없었다.

제비는 불가피한 상황이 발생하지 않는 한 지난해에 둥지를 틀었던 집으로 되돌아가서 다시 둥지를 트는 습성이 있다. 그러기에 흥부가 다리를 고쳐 준 제비가 이듬해에 돌아와서 놀부 집으로 둥지를 틀러 가지 않고 작년에 둥지를 틀었던 흥부 집으로 가서 다시 둥지를 튼 것이다. 제비에게 이런 습성이 없었다면 다리는 흥부가 고쳐 주고 박씨는 놀부가 받는 어이없는 일이 일어났을지도 모른다. 이 시는 제비의 이러한 습성을 잘 안 시인이 자연의 일부인 제비는 변함없이 같은 집으로 날아들어 둥지를 트는데 그곳에 살던 사람은 완전히 바뀌어 버린 사실을 재치 있게 묘사함으로써 "산천은 의구한데 인걸은 간 데 없다"는 감회를 해학적 필치로 노래한 점이 예사롭지 않다.

_ 2014. 12. 18.

15. 안락방 마을의 목동들
安樂坊牧童

양만리(楊萬里)

앞의 아이는 소를 끌고 시냇물을 건너고
뒤의 아이는 소를 타고 묻는 말에 대답한다.
피리를 부는 아이의 삿갓엔 꽃이 가득 꽂혀 있고
아이를 태운 어미 소 뒤엔 송아지가 따라간다.
봄철의 개울물은 찌꺼기 없이 졸졸
봄철의 고운 풀은 티 없이 파릇파릇
소 다섯 마리 저만치 가도 상관하지 않는 것은
개울 건너가 바로 아이들의 집이기 때문이렷다.
갑자기 머리 위에 후드득후드득 빗방울 듣자
삿갓 셋과 도롱이 넷이 황급히 달려간다.

前兒牽牛渡溪水　　전아견우도계수

後兒騎牛回問事　　후아기우회문사

一兒吹笛笠簪花　　일아취적립잠화

一牛載兒行引子　　일우재아행인자

春溪嫩水清無滓　　춘계눈수청무재

春洲細草碧無瑕　　춘주세초벽무하

五牛遠去莫管他　　오우원거막관타

隔溪便是群兒家　　격계변시군아가

忽然頭上數點雨　　홀연두상수점우

三笠四蓑赶將去　　삼립사사간장거

■

예전에는 학교에 갔다 와서 산으로 소를 먹이러 가는 것이 시골 초등학생들의 주요 일과였다. 오후 두세 시가 되면 열 살 전후 된 아이들이 각자 덩치가 자기보다 열 배나 큰 소를 한 마리씩 몰고 산으로 올라간다. 약속을 한 것도 아닌데 대개 비슷한 시각에 집에서 나오고 그러다 보면 길에 소와 아이가 한 조가 되어 일렬종대로 늘어선다.

소가 풀을 뜯는 동안 아이들은 씨름도 하고 숨바꼭질도 한다. 때로는 야생화를 꺾기도 하고 날씨가 더울 때면 개울에 가서 멱을 감기도 한다. 해가 서산에 걸려 뉘엿거릴 무렵이면 풀을 찾아 온 산을 헤매던 소들이 한결같이 배가 불룩해진 채 아이들이 있는 기슭으로 내려온다. 그러면 아이들은 저마다 자기 소를 찾아 집으로 돌아간다. 아이들은 소의 등에 올라타고 풀피리를 불기도 하고 조금 형편이 나은 아이는 하모니카를 불며 신명을 내기도 한다. 짓궂은 아이들은 고삐를 놓은 채 장난을 치느라 소가 저만치 가버리는 것도 모른다. 모른다기보다는 알면서도 아랑곳하지 않는다. 소가 영리하게도 자기 집을 곧잘 찾아간다는 사실을 알기 때문이다.

이것은 남송사대가(南宋四大家) 중의 한 사람인 양만리(楊萬里, 1127-1206)가 안락방이라는 어느 시골 마을

74

에서 목격한 그림같이 아름다운 농촌 풍경을 노래한 시다. 그는 농촌의 정취를 즐겨 시로 옮겼거니와 이 시에도 순진무구한 목동들의 모습이 통속적이고 해학적인 양만리 특유의 필치에 의해 생동감 있게 그려져 있다.

_ 2005. 4. 9.

16. 얄미운 저 꾀꼬리

春怨

김창서(金昌緒)

얄미운 저 꾀꼬리 멀리 쫓아 버려서
가지에서 울어 대지 못하게 해 주세요.
저놈이 울어 대면 이내 꿈이 깨어져서
요서 땅에 갈 수가 없으니까요.

打起黃鶯兒　　타기황앵아

莫教枝上啼　　막교지상제

啼時驚妾夢　　제시경첩몽

不得到遼西　　부득도료서

■

봄이 되면 나뭇가지 여기저기서 옥쟁반에 구슬이 굴러
가듯 간드러지는 소리가 들려온다. 바로 꾀꼬리 소리다.
꾀꼬리 소리는 이처럼 듣기 좋기 때문에 흔히 낭랑한 여
인의 목소리를 일러 꾀꼬리 소리라고 한다. 꾀꼬리는 또
온몸이 황금색이기 때문에 눈부실 정도로 아름답기도
하고 참새만 한 날렵한 몸매로 나뭇가지 사이를 사뿐사
뿐 옮겨 다니기 때문에 경쾌한 느낌도 준다. 이런 꾀꼬
리를 싫어하는 사람은 별로 없을 것이다. 그런데 이 시
의 화자는 대뜸 꾀꼬리를 멀리 쫓아 버리라는 말로 말문
을 연다. 필시 무언가 범상치 않은 사연이 있을 것이다.
그 사연이 무엇일까? 두 번째 구절을 보면 꾀꼬리가 나
뭇가지에서 자꾸 울어 대기 때문임을 알 수 있다.
남들이 다 좋아하는 꾀꼬리 소리를 이 시의 화자는 무엇
때문에 이토록 듣기 싫어하는 것일까? 세 번째 구절에서
화자는 꾀꼬리 소리가 자신의 꿈길을 끊어 놓기 때문이
라고 밝힌다. 그리고 '첩(妾)'이라는 표현을 씀으로써 자
신이 여자라는 사실을 공개한다. 이 여성 화자는 무언가
달콤한 꿈을 꾸고 있다가 창문 앞 나뭇가지에서 울어 대
는 꾀꼬리 소리에 깬 적이 여러 번 있었을 것이다. 그래
서 그때마다 화를 내며 속상해하다가 마침내 묘안이 떠
올랐을 것이다. 저놈의 꾀꼬리를 다시는 돌아오지 못하

게 멀리멀리 쫓아 버리면 문제가 원천적으로 해결될 것 아닌가!

화자는 도대체 무슨 꿈을 꾸고 있었기에 고운 입으로 이렇게 매정한 말을 하는 것일까? 마지막 구절을 통하여 그녀가 요서 땅으로 가는 꿈을 꾸고 있었음을 알 수 있다. 그렇다면 그녀는 무엇하러 꿈속에서 요서 땅을 찾아 갔을까? 그녀는 더 이상 말을 하지 않는다. 그러나 우리는 그녀가 왜 밤마다 꿈속에서 요서 땅을 찾아가려고 시도했는지를 금방 알아차린다. 요서란 요하(遼河)의 서쪽 땅이니 지금의 요령성(遼寧省) 일대이고 거기는 고구려 또는 말갈(靺鞨)과의 국경지대다. 그러니까 이 시의 여성 화자는 고구려 또는 말갈의 군사와 싸우기 위해 요서 땅에 주둔하고 있는 남편을 찾아가려고 시도했던 것이다. 현실에서는 불가능한 줄을 잘 알기에 꿈길을 따라 찾아가려 했던 것인데 그것마저 꾀꼬리 때문에 여의치 않게 되었으니 속이 상했을 것은 뻔한 이치다.

'첩'이라는 말은 신분이 시첩(侍妾)이라는 뜻이 아니라 옛날 여자들이 자신을 낮추어 부르던 겸칭이다. 그러므로 이 시의 화자를 행실이 반듯하지 못한 시첩으로 제한할 필요는 없다. 정숙한 요조숙녀인들 어찌 이런 꿈을 꾸지 않으랴! 사랑하는 사람을 만나기 위해서라면 천 리 길이 아니라 만 리 길이라도 기꺼이 찾아가고 싶은 심

리, 그것은 신분의 고하와 무관한 인류 공통의 심리일
터이다.

이것은 여항(餘杭, 지금의 절강성浙江省 여항) 출신이라
는 것 이외에는 알려진 사실이 없는 당나라 사람 김창서
(金昌緒)의 시다. 그의 시로는 이 시 이외에 남아 있는
것이 하나도 없다. 그러나 그는 당나라 시인 가운데 상
당히 유명한 시인으로 꼽힌다. 인간의 심리를 적실하게
포착하여 절묘하게, 그리고 솔직하게 표현해 낸 이 시의
힘이다.

_ 2006. 5. 8.

17. 봄 새벽
春曉

맹호연(孟浩然)

나른한 봄철이라 날 새는 줄 몰랐더니
어느새 예서 제서 새소리가 들리네.
간밤에 비바람이 몰아쳤으니
고운 꽃이 얼마나 떨어졌나 모르겠네.

春眠不覺曉　　춘면불각효

處處聞啼鳥　　처처문제조

夜來風雨聲　　야래풍우성

花落知多少　　화락지다소

봄이 되면 누구나 온몸이 나른해지고 잠이 마구 쏟아진다. 어째서 이런 현상이 생기는지 생리적인 원인을 아는 사람은 많지 않겠지만 이런 현상이 있다는 사실은 모르는 사람이 없을 것이다. 그리고 거의 모든 사람이 직접 경험해 보았을 것이다. 아이들은 이러한 춘곤증이 특히 심해서 얼른 일어나 학교 갈 준비를 하라는 어머니의 야단을 귓전으로 흘리며 더욱 더 이불 속으로 파고들 것이다. 아무리 야단 쳐도 소용없음을 알고 어머니가 마침내 이불을 걷어 버리면 아이들은 어머니의 무자비한 강경 조치에 배신감을 느끼며 마치 항의라도 하듯 달랑 베개 하나만 끌어안은 채 한 마리의 커다란 새우가 될 것이다. 춘곤증은 아이들에게 특히 심하지만 어른이라고 예외는 아니다. 그리고 그것은 동서의 구분이 없고 고금이 다르지 않았던 듯 1,300년 전의 당나라 시인 맹호연(孟浩然, 689-740)도 그런 적이 있었다. 어느 봄날 맹호연은 아침이 된 줄도 모르고 곤하게 자고 있었다. 그러다가 문득 들리는 새소리에 날이 샌 줄은 알았지만 그래도 몸이 도무지 말을 듣지 않아 "조금만 더! 조금만 더!" 하며 어른으로서의 체면을 돌아볼 틈도 없이 늦잠을 즐기고 있었다. 참으로 꿀맛 같은 잠이었다. 새소리가 오히려 감미로운 자장가로 들렸다.

이렇게 비몽사몽간을 헤매던 그의 뇌리에 퍼뜩 불길한 예감이 스쳐 갔다. 잠결에 얼핏 비가 내리고 바람이 부는 소리를 들은 것이 기억났던 것이다. 그는 이불 속에서 잠시 생각했다.

"아 참! 간밤에 비바람이 상당히 세게 쳤었지? 화단에 가득 핀 꽃들이 어떻게 되었을까? 혹시 다 져 버린 것은 아닐까?"

시는 여기서 끝났다. 그러나 시인이 말하지 않아도 우리는 안다. 다음 순간 그는 후닥닥 자리에서 일어났을 것이다. 그리고 옷을 대충 걸치고 마당 한편에 있는 화단으로 나갔을 것이다. 어머니가 아무리 깨워도 일어나지 않다가 "이놈의 강아지가 우리 아들 인형을 다 물어뜯어 놨네!" 하고 마당에서 혼잣말처럼 나직하게 하시는 아버지 말씀 한마디에 화들짝 일어나는 아이와 꼭 같이 말이다. 꽃이 지면 봄이 다 간 것과 같다며 슬퍼하는 사람이 많다. 아니 "모란이 지고 말면 그뿐, 내 한 해는 다 가고 말아, 삼백 예순 날 하냥 섭섭해 우옵내다" 하고 모란이 지면 한 해가 통째로 다 간 것과 같다고 엄살을 피운 시인도 있었다. 그러니 맹호연이 간밤의 비바람 소리를 떠올리고는 꽃이 다 떨어졌을까 봐 걱정에 빠졌다 해도 남자가 너무 감상적이라고 탓할 일은 아니리라.

이것은 참 쉽고도 평범한 언어로 쓴 스무 자밖에 안 되는 짤막한 시다. 딱히 꽃을 사랑한다는 말을 한 것도 아니건만 그 속에 꽃을 사랑하는 시인의 마음이 고스란히 담겨 있다. 수다 떨지 않고 과묵하면서도 천연덕스럽게 자기 하고 싶은 말을 다 한 셈이다. 이것이 바로 천년토록 인구에 회자해 온 명작의 면모다.

_ 2007. 3. 9.

18. 금릉의 어느 주막
金陵酒肆留別

이백(李白)

흩날리는 버들개지 향기 가득한 주막
주모는 술을 걸러 손님 불러 맛보란다.
전송 나온 금릉 친구 헤어지기 못내 싫어
가려다 말고 각자 다시 한 잔씩을 더 비운다.
쉬지 않고 동쪽으로 흘러가는 저 강물과
석별의 정 가운데 어느 것이 더 길까?

風吹柳花滿店香　　풍취류화만점향
吳姬壓酒喚客嘗　　오희압주환객상
金陵子弟來相送　　금릉자제래상송
欲行不行各盡觴　　욕행불행각진상
請君試問東流水　　청군시문동류수
別意與之誰短長　　별의여지수단장

눈 같기도 하고 매화 같기도 한 버들개지가 하늘을 하얗게 뒤덮고 있는 금릉(金陵, 지금의 강소성江蘇省 남경南京)의 어느 주막, 바람 타고 날아온 각종 꽃의 향기와 술독에서 나는 맛있는 술의 향기가 한데 어우러져 절묘한 조화를 이루고 있다. 새로 온 손님들에게 갓 익은 술을 내놓기 위해 주모는 한창 술을 거르기에 여념이 없다. 술맛이 혹시 손님의 입에 안 맞으면 어쩌나 하고 고민하다가 그녀는 이내 좋은 방법을 생각해 낸다. 그리하여 손님에게 직접 맛을 보아 달라고 부탁한다.

꽃향기와 술 향기, 그리고 왁자지껄한 손님들의 담소 소리에다 맛을 보아 달라고 손님을 불러 대는 주모의 고함 소리까지 뒤섞여 부산하기 짝이 없는 그 주막에 젊은 선비들이 모여 술을 마시고 있다. 이백(李白, 701-762)이 금릉을 떠나려 하매 그동안 정들었던 금릉의 친구들이 너도나도 주막까지 나와서 송별연을 벌여 주고 있는 중이다.

헤어지기가 못내 아쉬워서 어떻게 해서든지 시간을 더 끌어 보려고 갖은 이유를 다 찾아보았지만 그것도 한계가 있다. 더 이상 미적거릴 이유가 없어진 그는 모질게 마음먹고 발걸음을 떼어 본다. 그러나 아무래도 발걸음이 떨어지지 않는다. 마지막으로 한 잔씩만 더 마시고 가자며 억지를 써 본다. 친구들도 아쉽기는 마찬가지였던 듯 이백의 제안에 일제히 잔을 들어 다시 한 잔씩을 더 비운다. "가려다 말고 각자 다시 한 잔씩을 더 비운다(欲行不行各盡觴)"라는 이 표현은 가히 천고의 명구라 할 만하다. 떠나는 사람이면 누구에겐들 이렇듯 아쉬운 석별의 정이 없으랴만 이처럼 족집게로 집어내듯이 적확하게 이별의 아쉬움을 묘사하는 것은 아무나 할 수 있는 일이 아니다.

이 시는 지극히 평범한 언어로 이루어졌으되 독자로 하여금 자신이 시 속의 주인공이 된 듯한 착각에 빠지게 하는 힘을 지니고 있거니와, 청나라 시인 심덕잠(沈德潛, 1673-1769)이 "시어가 꼭 심오하다고 할 수는 없는데도 그 속에 이미 석별의 정이 잘 나타나 있다(語不必深, 寫情已足)"라고 평한 것도 아마 이 시의 이런 면을 두고 한 말일 것이다.

_ 2004. 5. 25.

19. 대림사의 복숭아꽃
大林寺桃花

백거이(白居易)

속세에는 사월이라 꽃이란 꽃 다 졌는데
산사의 복사꽃은 이제 한창 만발했네.
봄이 간 곳 몰라서 한탄하고 있었더니
어느새 이곳으로 들어왔었네.

人間四月芳菲盡　　인간사월방비진
山寺桃花始盛開　　산사도화시성개
長恨春歸無覓處　　장한춘귀무멱처
不知轉入此中來　　부지전입차중래

아련한 향기를 풍기며 고고한 자태를 자랑하던 하얀 매화도, 텃밭 울타리를 황금빛으로 물들이던 노란 개나리도, 온 산을 불태우던 새빨간 진달래도, 담장 너머에서 고개를 내밀고 수줍은 듯 살포시 홍조를 띠던 분홍색 살구꽃도 이맘때쯤이면 모두 내가 언제 피었더냐는 듯 흔적도 없이 사라진다. 그야말로 꽃이란 꽃은 모두 김영랑의 모란처럼 천지에 자취도 없는 형국이 되어 감수성이 예민한 사람으로 하여금 한 해가 다 가 버린 낭패감에 빠진 채 "하냥 섭섭해" 울고만 싶은 심정이 되게 한다. 초여름의 햇살이 따갑게 내리쬐던 당나라 헌종 원화 12년(817) 음력 4월 어느 날, 감수성이 예민하기로는 누구에게도 뒤지지 않을 마흔여섯 살의 원로 시인 백거이(白居易, 772-846)는 자신이 사마(司馬)로 재임 중인 강주(江州, 지금의 강서성江西省 구강九江) 지방의 명산 여산(廬山)에 올라갔다. 여산은 북송의 대문호 소식(蘇軾, 호 : 동파東坡)이 보는 위치에 따라서 각기 모습을 달리하기 때문에 도무지 그 진면목을 알 수가 없다고 찬탄했을 만큼 크고 높은 산이다. 그는 이 산의 향로봉(香爐峰) 중턱에 있는 대림사(大林寺)라는 절을 찾아간 것이었다.

대림사에서 그는 천만뜻밖에도 이제 한창 만개해 있는

복숭아꽃을 발견했다. 어디로 사라졌는지 몰라 그가 그토록 애타게 찾고 있던 봄이 더위를 피해 깊은 산속으로 들어와 있었던 것이다. 이 시와 함께 지은 <대림사를 구경하고(遊大林寺序)>라는 기행문에서 그는 산이 높고 계곡이 깊어 평지보다 봄이 늦게 찾아오기 때문에 당시 평지에는 이미 초여름이 되었건만 그곳에는 이제 막 봄이 온 것 같았다고 술회했거니와, 대림사는 기온이 낮은 데다 주위에 시원한 계곡이 흐르고 작달막한 소나무와 가느다란 대나무가 늘어서 있어서 날아갈 듯 상쾌한 곳이었다.

흐드러지게 피어 있던 봄꽃들이 자취도 없이 사라지는 바람에 엄습해 오는 "봄을 여읜 설움"을 이기지 못하고 있던 그는 문득 자신이 선계에 와 있다는 생각이 들었다. 그는 눈이 번쩍 뜨일 정도로 반갑고 신선이 된 듯 황홀해진 나머지 얼른 붓을 들어 이 시를 지었다.

이 시에는 별로 심오한 내용도 없고 특별히 기발한 시어도 없다. 그러나 이 시를 읽으면 왠지 모르게 가슴에 잔잔한 공명 현상이 일어난다. 이처럼 일상적인 일을 평이한 언어로 노래하면서도 독자들의 심금을 울리는 것이 바로 백거이 시의 매력이다.

_ 2004. 5. 7.

제2부

여름 노래

1. 첫여름
淸平樂

황정견(黃庭堅)

봄이여 어디로 돌아갔는가?
사방이 적막할 뿐 봄이 간 길이 없다.
누구든 봄이 간 곳 아는 사람 있으면
돌아오라 불러서 함께 있게 해 주오.

봄이 종적 없으니 누가 알리오?
저 노란 꾀꼬리에게 물어볼 밖에.
골백번 얘기해도 알아듣는 이 없으니
바람 타고 장미 너머로 날아갈 밖에.

春歸何處　　　　춘귀하처

寂寞無行路　　　적막무행로

若有人知春去處　약유인지춘거처

喚取歸來同住　　환취귀래동주

春無踪迹誰知　　춘무종적수지

除非問取黃鸝　　제비문취황리

百囀無人能解　　백전무인능해

因風飛過薔薇　　인풍비과장미

■

산책 삼아 천천히 집에서 조금 떨어진 할인매장을 찾아 가노라니 선혈로 물들인 것 같은 새빨간 꽃송이들이 아 파트 울타리의 창살 사이로 얼굴을 내밀고 있다. 어떤 것은 울타리 위에 올라가 고개를 숙이고 엎드린 채 아래 를 내려다보고 있다. 그 옆에는 한창 물이 오른 싱그러 운 나뭇잎들이 산뜻한 초록빛을 내뿜고 있어 새빨간 꽃 이 더욱 붉게 보인다. 참 아름답다. 장미꽃이다. 가까이 가서 보니 장미는 갓 꽃을 피운 것이 아니라 벌써 며칠 된 것 같다. 그런데 나는 왜 이 아름다운 광경을 이제야 보았을까? 아마도 차를 몰고 다니느라 '전방 주시의 의 무' 때문에 눈을 옆으로 돌리지 못한 것이 주된 원인인 것 같다.

이런저런 생각을 하며 터벅터벅 걸어가노라니 내 발자 국 소리에 놀란 듯 참새 몇 마리가 후다닥 날아서 울타 리 너머로 도망간다. 순간 황정견(黃庭堅, 1045-1105) 의 이 시가 떠오른다. 이것은 당시에 유행하던 <청평악 (淸平樂)>이라는 곡조에 맞추어 써 넣은 가사용의 시 즉 사(詞)로 어느 이른 여름날의 감회를 노래한 것이다. 어느 해 이른 여름날 유달리 감수성이 예민한 시인은 올 해도 봄이 다 가 버렸다며 몹시 아쉬워하고 있다. 누구 든 붙잡고 봄이 어디로 가더냐고 물어보고 싶지만 아는 사람이 있을 리 없다. 결국 여름이 온 것을 환호하듯 소프라노로 노래하는 꾀꼬리를 향해 "봄이 어디로 갔느냐?"고 중얼거려 본다. 그러자 꾀꼬리는 몇 번 더 노래하다가 마침내 인기척을 감지하고 멀리 날아가 버린다. 눈으로 꾀꼬리를 따라가 보니 여름의 전령사인 장미꽃이 벌써 여기저기 모습을 드러내고 있다.

간드러진 꾀꼬리의 노랫소리가 있고 화사한 자태와 그윽한 향을 지닌 장미가 있건만, 시인은 오로지 봄이 간 것만 아쉬운 모양이다. 비단 황정견만이 아니라 대부분의 시인들이 다 봄이 가는 것을 유독 아쉬워한다. 그리고 그것은 백거이(白居易)가 <대림사의 복숭아꽃(大林寺桃花)>이라는 시에서 "속세에는 사월이라 꽃이란 꽃 다 졌는데, 산사의 복사꽃은 이제 한창 만발했네. 봄이 간 곳 몰라서 한탄하고 있었더니, 어느새 이곳으로 들어왔었네(人間四月芳菲盡, 山寺桃花始盛開. 長恨春歸無覓處, 不知轉入此中來)"라고 한 바와 같이, 봄꽃이 다 져버렸기 때문임을 알 수 있다. 그러나 사실 여름에도 봄꽃 못지않게 아름다운 갖가지 꽃들이 피어 봄과는 다르지만 그 나름의 멋진 정취를 자아낸다.

소녀들의 손톱을 곱게 물들여 주는 봉숭아꽃, 장독대 옆에 서서 봉숭아의 다정한 친구가 되어 주는 키 작은 채송화, 모닝글로리라는 영어 이름에 어울리게 저녁에 졌

다가 아침이면 다시 우아한 자태를 드러내는 나팔꽃, 온
종일 목을 뽑아 태양만 바라보다 마침내 키다리가 되고
만 해바라기꽃, 꽃송이가 어른 주먹만 한 것이 모란꽃만
큼이나 탐스러운 수국꽃, 길가든 개울가든 장소를 가리
지 않고 피는 하늘색 달개비꽃, 돌멩이 틈에 다소곳이
서서 붉힌 얼굴을 살며시 내미는 패랭이꽃, 자줏빛 숭고
함으로 나라꽃의 신분을 과시하는 무궁화, 진흙 속에서
나왔으되 진흙 한 방울 묻히지 않고 눈부실 정도로 깨끗
하기만 한 연꽃……. 일일이 다 열거할 수 없을 정도로
많다. 그리고 탄사가 절로 나오는 기이한 꽃을 보며 그
이름을 몰라 자신에게 부끄럽고 꽃에게 미안한 경우는
또 얼마나 많은가!

이처럼 여름에는 각종 여름꽃이 피어 일상에 지친 우리
의 마음을 달래 준다. 그런데도 불구하고 옛날부터 시인
들이 유난히 봄이 가는 것을 아쉬워한 것은 무엇 때문일
까? 모진 겨울 추위를 이겨 낸 뒤에 어렵사리 맞이한 계
절이기 때문일까? 아니면, 이글거리는 태양이 대지를 달
구다 못해 사람들로 하여금 숨이 막히게 할 여름이 두렵
기 때문일까?

올해는 봄이 너무 늦게 온다고 아쉬워들 했는데 어느새
봄이 다 지나가고 이제 장미 피는 계절이 왔다. 올여름
에는 한낮의 햇볕이 얼마나 뜨거울지 알 수 없지만 햇볕

이 아무리 뜨거워도 울밑에 봉숭아가 피고 장독대 옆에 채송화가 피리라. 그리고 열대야가 얼마나 지독할지 몰라도 아침이 오면 어김없이 나팔꽃이 피리라. 이제 시인들도 너무 봄꽃만 편애하지 말고 이러한 여름꽃들에게도 정을 좀 나누어 주면 좋겠다.

_ 2013. 6. 3.

2. 여지를 먹으며
食荔支

소식(蘇軾)

나부산 아래는 사철 내내 봄이라
비파와 양매가 차례로 나네.
날마다 여지를 삼백 개씩 먹으니
길이길이 영남 사람 되는 것도 괜찮겠네.

羅浮山下四時春　　라부산하사시춘

盧橘楊梅次第新　　로귤양매차제신

日啖荔支三百顆　　일담려지삼백과

不辭長作嶺南人　　불사장작령남인

소식(蘇軾, 1036-1101)과 장돈(章惇, 1035-1105)은 함께 과거에 급제한 급제동기였는데 장돈은 친구 소식을 유난히 미워했다. 소식처럼 뛰어난 친구가 자기 곁에 있음으로 인하여 자신이 더 초라해 보인다고 생각했기 때문이었을 것이다. 철종 소성 원년(1094)에 상서좌복야겸문하시랑(尚書左僕射兼門下侍郞)이 된 장돈의 갖은 모함으로 소식에게 마침내 혜주(惠州) 유배령이 떨어졌다. 혜주는 광동성(廣東省) 심천(深圳) 부근으로 북위 23도 정도 되는 아열대지방이다. 당시 그곳은 중화문화권 바깥이라고 할 수 있는 미개지로 무더위와 장기(瘴氣) 때문에 온대지방 사람은 살기 힘든 곳이었다. 그런 곳이라면 아무리 낙천적인 사람이라고 할지라도 오래 버티지 못할 것이라는 것이 장돈의 속셈이었다. 그러나 장돈의 속셈과 달리 소식은 혜주에서도 거뜬하게 견디어 냈다.

혜주는 1년 내내 날씨가 춥지 않아 갖가지 아열대 과일이 차례대로 나왔다. 소식은 그중에서도 노란색 과육에 살구 맛이 많이 나는 비파(枇杷)와, 붉은색 표면에 좁쌀 같은 돌기가 있어 딸기와 상당히 닮은 양매(楊梅)가 특히 맛있었다. 그러나 이것들보다 더 맛있는 것이 있었으니 바로 여름철에 나는 여지였다. 수분이 많고 달착지근하여 독특한 맛을 지닌 여지는 더운 지방에서 잘 자라기 때문에 광동 지방 같은 남방에서나 생산되지 북방에서는 생산되지 않는다. 그래서 당나라 때는 여지를 너무나 좋아한 양귀비에게 싱싱한 여지를 갖다 바치기 위해 5천 리는 족히 될 광동에서 장안(長安, 지금의 섬서성陝西省 서안西安)까지의 멀고 험한 길을 있는 힘을 다해 질주하느라 많은 사람이 다치고 죽어야 했다.

그러기에 당나라 시인 두목(杜牧)은 <화청궁을 지나가다가(過華淸宮絶句)>를 지어 "먼지 일으키며 말 달려가면 왕비의 입가에 흐뭇한 웃음, 아무도 모르리라 여지가 온 것임을(一騎紅塵妃子笑, 無人知是荔枝來)" 하고 꼬집었고, 소식 자신도 <여지의 탄식(荔支歎)>을 지어 "궁중 미인 크게 한 번 웃게 하기 위하여, 먼지 속에 뿌린 피가 천년 동안 흘렀다네(宮中美人一破顔, 驚塵濺血流千載)"라고 풍자했다.

소성 3년(1096) 음력 4월에 지은 이 시에서 소식은 여지를 마음껏 먹을 수 있다는 이유로 혜주에서 영원히 살아도 좋겠다고 했다. 그러나 여지가 아무리 맛있은들 그것 먹는 재미로 영원히 혜주에서 살아도 좋다고 생각했을 리는 없다. 그것은 차라리 자기 자신을 위로하려는 눈물겨운 노력이었을 것이다.

그리고 그것은 또한 더위와 습기와 장기 속에서도 쓰러

지지 않고 끝까지 버티어 낸 소식 특유의 현실적응 비결
이었을 것이다.

_ 2005. 6. 10.

3. 초여름의 시골 마을
鄕村四月

옹권(翁卷)

산과 들은 초록 천지 강은 은세계
두견이 울음 속에 안개비가 내리는
농촌의 사월에 안 바쁜 이 그 누구랴!
누에치기 끝났나 싶으면 또 모내기하러 가야 한다.

綠遍山原白滿川　　록편산원백만천
子規聲裏雨如煙　　자규성리우여연
鄕村四月閑人少　　향촌사월한인소
纔了蠶桑又揷田　　재료잠상우삽전

■

이 시는 절강성(浙江省) 온주(溫州) 출신인 남송(南宋) 시인 옹권(翁卷, ?-?)이 고단하지만 단란한 강남 지방 농민들의 정겨운 삶을 그린 것이다.

중국의 강남 지방은 계절이 우리나라 남부지역보다도 한 달 정도 빠르다. 그렇기 때문에 음력 4월 즉 양력 5월이면 벌써 초여름 정취가 물씬 난다. 봄 석 달 동안 무럭무럭 자란 결과 갓난아이 살결같이 야들야들한 연두색에서 짙은 녹색으로 변한 풀잎과 나뭇잎이 산과 들을 온통 초록 천지로 만들어 놓고, 잔뜩 불어난 물로 잔잔하게 찰랑거리는 강은 기다란 거울을 땅에 뉘어 놓은 것처럼 번쩍번쩍 빛을 뿌리며 들판을 지나간다. 이른바 '강남수향(江南水鄉)'이라고 불리는 장강(長江) 이남 지역에는 수없이 많은 작은 강들이 거미줄처럼 얽혀 있어서 그야말로 은세계를 이루고 있다.

그러나 이 무렵이면 강남 지방에는 안개비가 추적추적 그칠 줄 모르고 내린다. 하루 종일 내리고 한 달 내내 내린다. 이 강남 지방 특유의 장맛비는 매실이 노랗게 익어 가는 시절에 내리기 때문에 매우(梅雨)라고 한다. 북송 시인 하주(賀鑄)는 그의 사(詞) <청옥안(靑玉案)>에서 "이내 근심 얼마나 많으냐고요? 강변을 뒤덮은 잡초만큼 많고요, 온 성에 흩날리는 버들개지만큼 많고요,

매실이 익을 때의 비만큼 많지요(試問閑愁都幾許? 一川煙草, 滿城風絮, 梅子黃時雨)"라고 자신의 근심이 강가에 지천으로 널려 있는 잡초의 수만큼 많고, 봄이면 앞이 안 보일 정도로 하얗게 날아다니는 버들개지만큼 많고, 초여름에 그칠 줄 모르고 내리는 매우만큼 많다고 했거니와 강남 생활에 익숙한 사람들에게도 매우는 지긋지긋한 존재가 아닐 수 없을 것이다.

이 무렵이면 또 한 가지 사람들의 마음을 흔드는 것이 있다. 두견이의 울음소리다. 그 옛날 촉(蜀)나라의 망제(望帝) 두우(杜宇)가 신하에게 쫓겨나 산으로 들어갈 때 마침 이 새가 '뿌룩뿌룩' 하고 울었기 때문에 사람들이 이 새를 망제의 화신이라고 생각하고 '불여귀(不如歸)'라는 이름을 지어 주었다. 특별한 의미가 담겨 있을 리 없는 단순한 새소리에 불과하지만 사람들은 굳이 의미를 부여하여 '돌아가는 것만 못하다'라는 뜻으로 들은 것이다. 이와 같은 전설을 생각하면서 두견이의 울음소리를 들으면 구슬픈 느낌이 들지 않을 수 없을 것이다. 농민들에게는 음산한 안개비 속에 구슬픈 두견이 소리가 들린다고 해서 감상이나 낭만에 빠져 있을 겨를이 없다. 온몸에 안개비를 맞고 두 귀로는 두견이 소리를 들으면서 쉴 새 없이 농사를 지어야 한다. 억세어지기 전에 얼른 뽕잎을 따서 누에에게 먹여야 하고 누에치기가 끝나면 한숨 돌릴 틈도 없이 보리타작을 해야 한다. 그리고 보리타작이 끝나기가 무섭게 또 모내기를 해야 한다. 그러나 마음만 편안하다면 육신이 이처럼 고단할지라도 그들은 그 속에서 행복하게 살 수 있을 터이다. 누가 그들의 심기를 불편하게 하지만 않는다면 말이다.

_ 2006. 4. 7.

4. 친구의 시골집에서
過故人莊

맹호연(孟浩然)

친구가 기장밥에 닭고기를 차려 놓고
시골집으로 부르기에 찾아갔더니
동구 밖에 푸릇푸릇 녹음이 우거지고
성곽 너머 구불구불 청산이 비껴 있네.
창을 열어젖히고 채마밭을 바라보며
술잔 들고 뽕과 삼의 작황을 얘기하네.
중양절이 되기를 기다렸다가
다시 와서 국화 앞으로 가 봐야겠네.

故人具鷄黍　　고인구계서

邀我至田家　　요아지전가

綠樹村邊合　　록수촌변합

青山郭外斜　　청산곽외사

開軒面場圃　　개헌면장포

把酒話桑麻　　파주화상마

待到重陽日　　대도중양일

還來就菊花　　환래취국화

■

성당(盛唐) 자연파의 대표적 시인 가운데 한 사람인 맹
호연(孟浩然, 689-740)의 시다. 맹호연은 마흔 살이 넘
어서 낙양(洛陽)과 강남 등지로 가서 잠시 산수를 유람
한 것 이외에는 평생 동안 고향인 양양(襄陽, 지금의 호
북성湖北省 양번襄樊)의 녹문산(鹿門山)에 은거했으며
벼슬살이라고는 제대로 해 본 적이 없었다. 그는 이러한
자신의 삶을 바탕으로 산수자연의 아름다움과 전원생
활의 느긋함을 소박하고 청신한 언어에 담아 시로 승
화시켰다.

이 시는 시골에서 은거하는 한 친구의 초대를 받아 그의
집을 찾아가서 함께 정담을 나눈 과정을 그린 것이다.
사방이 녹음에 뒤덮인 한적하고 평화로운 시골마을에서
친구는 여느 농부나 다름없이 누에도 치고 길쌈도 하며
바쁘게 살아가고 있었다. 오랜만에 만났으니 풀어야 할
회포도 많았으련만 친구는 마치 이웃집 농부를 만난 것
처럼 올해는 뽕잎이 무성하여 고치 풍년이 들겠느니, 삼
이 작년보다 훨씬 잘 자라 옷감 걱정이 없겠느니 하는
농사 얘기나 시인에게 들려주었다.

다른 사람 같으면 자신을 무시한다고 언짢게 여겼을지
도 모를 일이지만 맹호연은 친구와 농사에 관하여 이야
기를 나누는 것이 참으로 정겹고 재미있었다. 너무나 재

미있었던 나머지 그는 중양절에 또 오기로 작정했다. 오랜 풍습에 따라 중양절날 국화 앞으로 가서 국화를 바라보며 국화주를 마신다면 더 이상 바랄 것이 없을 것만 같았기 때문이다.

육신이 고되고 살림이 쪼들리기는 하지만 마음만은 비교적 느긋한 농촌생활에 있어서의 망중한을 평이하고 소박한 언어로 담담하게 묘사함으로써 읽는 이의 가슴에 잔잔한 감동을 일으키는 전형적인 전원시라 하겠다.

_ 2005. 7. 8.

5. 강촌

江村

두보(杜甫)

맑은 강 한 굽이가 마을을 끼고 흐르는
여름날의 강촌은 매사가 느긋하다.
들보 위의 제비는 들락날락 분주하고
강물 위의 갈매기는 짝을 지어 다닌다.
늙은 아내는 종이에 바둑판을 그리고
어린 아들은 바늘을 구부려 낚싯바늘 만든다.
병 많은 나에게 필요한 건 오로지 약뿐
하찮은 몸이 이것 말고 더 바랄 게 무엇이랴?

清江一曲抱村流　　청강일곡포촌류

長夏江村事事幽　　장하강촌사사유

自去自來梁上燕　　자거자래량상연

相親相近水中鷗　　상친상근수중구

老妻畫紙爲棋局　　로처화지위기국

稚子敲針作釣鉤　　치자고침작조구

多病所須唯藥物　　다병소수유약물

微軀此外更何求　　미구차외갱하구

■

손도 까딱하기 싫은 여름이 되면 짐승들이 그늘을 차지하고 활동을 중지함은 물론 풀이나 나무조차도 움직이기를 싫어한다. 닭은 헛간 한구석에 죽은 듯이 누워 있고, 개는 툇마루 앞에 엎드려 혀를 한 자나 빼고 가쁜 숨을 헐떡이며, 냇가의 버드나무도 가지를 축 늘어뜨린 채 좀처럼 움직이려고 하지 않는다. 그러나 이 무더운 무기력의 계절에도 시원한 강이 생활의 터전인 복 많은 갈매기는 더운 줄도 모르고 삼삼오오 짝을 지어 강물 위에서 유유히 저공비행을 즐긴다. 그리고 제비는 부화한 지 얼마 안 된 새끼들에게 먹이를 잡아먹이기 위해 부지런히 둥지를 드나든다. 그러나 제비도 마음이 급할 것은 하나도 없다. 여름은 들판이나 강으로 한번 나가기만 하면 쉽게 먹이를 구할 수 있는 풍요의 계절이기 때문이다. 농번기가 지나 특별히 급한 일도 없는 터라 느긋하기는 사람도 마찬가지다. 시원한 나무 그늘에 앉아 바둑을 한 판 두는 것도 좋고 아예 강으로 나가 상쾌한 바람을 맞으며 낚싯대를 드리우고 앉아 있는 것도 좋을 것이다. 그리고 한 집안의 가장(家長)이라면 바둑 둘 준비를 하고 낚시 나갈 채비를 하는, 일 없이 바쁜 가족들의 흐뭇한 모습을 바라보는 것 또한 커다란 즐거움일 것이다. 이 얼마나 느긋하고 평화로운 전원생활인가! 시인은 잔

병 많은 자기 몸만 건강하다면 더 이상 아무것도 바랄 것이 없을 것 같았다.

두보(杜甫, 712－770)는 만년에 이르러 성도(成都)에 있는 완화계(浣花溪) 가에 초당을 한 채 지어서 유유자적했는데 이 시는 이때 완화초당의 여름 정취를 노래한 것이다. 그야말로 "맛없는 밥 먹고 물 마시고 팔을 베고 누워 있어도 그 속에서 즐거움을 느끼는(飯疏食飲水, 曲肱而枕之, 樂亦在其中矣)" 안빈낙도의 경지다.

_ 2004. 6. 10.

6. 궂은비가 갠 뒤에
雨晴

진여의(陳與義)

하늘의 서남쪽에 수면인 양 맑은 구멍
꼼짝 않는 흰 구름은 강 위에 뜬 작은 섬
담장 위엔 까치들이 옷이 젖은 채 조잘대고
누각 밖엔 남은 우레가 아직도 한 번씩 우르릉댄다.
시원한 기운을 그러모아 단잠 한숨 자고 난 뒤
시 한 수를 얼른 지어 갠 날씨에 보답한다.
오늘 밤의 기찬 경치 함께할 이 없을 터
혼자 누워 눈이 부신 은하수를 보련다.

天缺西南江面清　　천결서남강면청

纖雲不動小灘橫　　섬운부동소탄횡

墻頭語鵲衣猶濕　　장두어작의유습

樓外殘雷氣未平　　루외잔뢰기미평

盡取微涼供穩睡　　진취미량공온수

急搜奇句報新晴　　급수기구보신청

今宵絶勝無人共　　금소절승무인공

臥看星河盡意明　　와간성하진의명

■

지루한 여름 장마가 그치지 않고 계속된다. 도대체 햇빛을 본 지가 얼마나 되었는지 모르겠다. 해는 없지만 습도가 높기 때문에 후텁지근하기 짝이 없다. 해마다 한 번씩 겪는 일인데도 도무지 익숙해지지 않는다. 장기간의 궂은 날씨로 공기가 칙칙하고 그로 인해 몸도 마냥 무겁기만 하다. 만사가 귀찮아진 시인은 바람이 잘 통하는 곳에 누워서 죽부인을 끌어안고 그래도 더위가 가시지 않아 한 손으로 부채질까지 하며 낮잠을 청해 본다. 어느새 잠이 들어 단잠을 자다가 눈을 뜨니 저녁때가 다 되어 간다. 그런데 저게 무얼까? 하늘 한구석에 구멍이 뻥 뚫렸다. 마치 맑은 강물 위에 덮여 있던 검은 천이 찢어져서 큼지막한 구멍이 하나 난 것 같다. 그 가운데 떠 있는 작은 구름 조각은 영락없이 강 가운데에 있는 하얀 모래섬이다.

반가운 마음에 넋을 놓고 검은 구름 속의 옥빛 하늘을 바라보고 있노라니 갑자기 담장 위에서 좋아라 조잘대는 까치들의 수다 소리가 들려온다. 기후의 변화에 민감한 미물들이 저렇듯 즐거워하는 것을 보니 이제 장마가 끝났음에 틀림없다고 생각하며 벌떡 일어나 하늘을 둘러보니 먼 곳에서는 아직도 이따금 나지막한 우렛소리가 우르릉거린다. 마치 싸움에 져서 꼬리를 축 늘어뜨리고 도망가는 개가 분을 삭이지 못해 몇 발자국마다 한 번씩 뒤돌아보며 적을 향해 나직이 으르렁거리는 것 같다. 그러나 시인은 장마가 아직 덜 끝났을까 봐 걱정되기보다는 패배하여 도주하는 불한당의 뒷모습을 보는 것 같아 유쾌하기만 하다.

오늘 밤에는 오래간만에 가는 소금으로 절여 놓은 은갈치처럼, 흐드러지게 꽃을 피운 메밀밭처럼 하얀 빛을 번쩍일 은하수를 마음껏 구경하리라. 함께 구경할 사람이 있으면 더할 나위 없이 좋겠지만 아무도 없으면 혼자인들 어떠랴! 밤하늘에 반짝이는 수없이 많은 별들이 바로 내 친구가 아닌가!

시인은 이내 붓을 든다. 이 기분을 시로 노래하지 않고는 도저히 견딜 수가 없는 것이다. 아니 그렇게 하는 것이 모처럼 맑은 하늘을 펼쳐 보여 준 천지신명에 대한 도리일 것이다.

이것은 누구나 흔히 겪는 일상적인 일이다. 이런 일상사에서 시상을 떠올리기는 그래서 더 어렵다. 그런데 이 일상다반사가 남송 시인 진여의(陳與義, 1090-1139)의 손에서 이토록 정감이 넘치는 명품으로 승화되어 있다. 거장의 솜씨가 눈에 보인다.

_ 2009. 11. 1.

7. 장마의 뒤끝

苦雨初霽

이구(李覯)

걷힐 것 같지 않던 음침한 먹구름을
갑자기 걷어 가는 조화옹의 위력이여!
하늘은 해와 달에게 옛 빛을 돌려주고
대지는 산과 강에게 새 옷을 입혔구나.
진흙길이 말라 가니 수레 소리 달강달강
빗물이 말라 가니 과일 맛이 좋겠구나.
남은 구름아 이젠 제발 만족할 줄 알게나.
은하수의 힘을 믿고 다시 일지 말게나.

積陰爲患恐沈綿　　적음위환공침면

革去方知造化權　　혁거방지조화권

天放舊光還日月　　천방구광환일월

地將濃秀與山川　　지장농수여산천

泥途漸少車聲活　　니도점소거성활

林薄初乾果味全　　림박초건과미전

寄語殘雲好知足　　기어잔운호지족

莫依河漢更油然　　막의하한갱유연

몇 달 동안 지긋지긋하게 장마가 지속될 때는 하늘에 바늘구멍이 너무 많이 나서 도저히 다 때우지 못하나 보다 하는 생각이 든다. 이럴 때는 아닌 게 아니라 영원히 비가 안 그칠 것만 같은 불안감마저 드는 것이 사실이다. 아무래도 그 많은 구름을 모두 하늘 가장자리로 걷어 낼 수가 없을 것 같기 때문이다. 그러나 그것은 어디까지나 미력한 인간의 어리석은 생각일 뿐이다. 천지의 운행을 주재하는 조물주는 마음만 먹으면 순식간에 다 걷어 낼 수 있는 것이다.

도무지 걷힐 것 같지 않던 먹구름이 그야말로 거짓말처럼 말끔히 걷히고 하늘에 다시 해와 달이 나타나 예전보다 더욱 밝고 맑은 빛을 뿌린다. 지상에는 또 잎에 묻었던 먼지를 깨끗이 씻어 낸 각종 초목들이 마치 갓 지어서 색상이 선명한 새 옷을 상큼하게 차려 입은 선비마냥 산뜻한 자태를 자랑한다. 빗물이 마르면서 질퍽거리던 길이 굳어지자 그동안 외출을 못해 좀이 쑤시던 사람들이 너도나도 말에 수레를 매는 바람에 여기저기 달강달강 바퀴 소리도 경쾌하다. 각종 과일들도 모처럼 내리쬐는 뜨거운 햇볕을 흠뻑 받아 제각기 안으로 당도를 높여 가니 이제 과일 농사도 걱정이 없어졌다. 이렇듯 상상을 초월하는 대자연의 갑작스러운 변신 앞에서 미미하기 짝이 없는 인간은 그제야 조물주가 과연 전지전능한 존재라는 사실을 실감하게 된다.

이것은 북송 사상가 이구(李覯, 1009-1059)의 시다. 사상가로서 무위도식하는 불교도를 못마땅하게 여길 뿐만 아니라 유가 학설에 대해서도 서슴없이 비판을 가한 이구는 뼈 빠지게 농사를 지어도 굶주림을 면치 못하는 농민들의 비애를 즐겨 시에 담았다. 이 시 역시 장마로 인하여 농사를 망치면 어쩌나 하고 노심초사하는 그의 농민 사랑에서 비롯되어, 자신의 걱정이 하루아침에 미력한 한 인간의 기우(杞憂)로 판명되고, 그것이 다시 대자연의 위력에 대한 경외심으로 변해 간 자신의 심리 발전 과정을 그린 것이다.

_ 2004. 6. 25.

8. 소나기

驟雨

화악(華岳)

소꼬리의 검은 구름은 쏟아진 먹물이요
소머리의 비바람은 수레를 엎을 기세
경각간에 모래밭에 솟구치는 파도는
십만 대군의 함성이요 우렁찬 폭포 소리
개울 저편 서쪽 굽이의 어린 목동은
아침 일찍 소를 타고 북쪽에 가서 풀 먹이다
허둥지둥 비 맞으며 개울을 건너는데
빗발이 뚝 그치고 산도 다시 푸르네.

牛尾烏雲潑濃墨　　　우미 오운 발농묵

牛頭風雨翻車軸　　　우두 풍우 번거축

怒濤頃刻卷沙灘　　　노도 경각 권사탄

十萬軍聲吼鳴瀑　　　십만 군성 후명폭

牧童家住溪西曲　　　목동 가주 계서곡

侵早騎牛牧溪北　　　침조 기우 목계북

慌忙冒雨急渡溪　　　황망 모우 급도계

雨勢驟晴山又綠　　　우세 취청 산우록

여름이 되면 농촌 아이들은 하루에 두 번 소를 먹여야한다. 한 번은 이른 아침이고 한 번은 저녁나절이다. 먼동이 막 틀 때와 학교에서 막 돌아왔을 때 아이들은 제각기 자기보다 덩치가 몇 배나 더 큰 소를 한 마리씩 앞세우고 산으로 올라간다. 소에게 조금이라도 풀을 많이먹이기 위해서는 서두르지 않으면 안 된다.

그러나 일단 소를 산에 올려놓고 나면 여유가 생긴다. 소가 풀을 뜯는 두세 시간 동안 아이들은 달리기도 하고씨름도 하고 닭싸움도 한다. 그러다가 온몸이 땀투성이가 된 채 누가 먼저랄 것도 없이 우르르 웅덩이로 달려가 멱을 감기도 한다. 그리고 아주 가끔 있는 일이지만다른 아이들보다 나이가 좀 많은 아이는 혼자 너럭바위에 드러누워 책을 읽기도 한다.

구름 한 점 없이 맑던 하늘에 어디서 나타났는지 갑자기시꺼먼 구름 덩어리가 성큼성큼 몰려오더니 후드득후드득 빗방울이 떨어지기 시작한다. 소들이 깜짝 놀라 기슭으로 내려온다. 아이들은 한동안 고민에 빠진다.

"그만 집으로 돌아갈까? 아니야, 아직 시간이 많이 남았고 소 배도 홀쭉하잖아?"

망설이는 사이에 비는 더욱 거세진다. 소들이 하나둘씩집으로 돌아가기 시작한다. 아이들은 더 이상 고민에 빠져 있을 겨를이 없다. 각자 자기 소를 따라 함께 달린다. 어느새 물이 많이 불어서 실개천이 싯누런 폭포로 변해 있다. 아이들은 소가 흙탕물 속에서 발을 헛디디지 않도록 조심조심 이끌면서 개울을 건넌다. 조심을 한다고는 하지만 소도 아이도 서너 차례씩은 미끈둥하고 넘어질 뻔한다. 그런데 이게 무슨 조홧속인가? 개울을 다 건너기도 전에 거짓말처럼 구름을 헤치고 해가 쨍 나온다. 아이들은 어이가 없다. 서로 얼굴을 쳐다보며 겸연쩍은 웃음을 한번씩 웃고는 소머리를 다시 산으로 돌린다.

남송 시인 화악(華岳, 1205 전후)이 여름철에 흔히 볼 수 있는 농촌 풍경의 한 단면을 그린 시다. 농촌 인구가 대부분을 차지하던 40~50년 전까지만 해도 우리나라 사람 가운데 이런 경험을 해 보지 않은 사람이 별로 없었을 텐데, 농촌 인구가 극소수에 불과해진 지금은 농촌에서도 이런 광경을 보기가 쉽지 않을 것이다. 최근 50년의 변화가 그 이전 천년의 변화와 맞먹는다는 말을 실감케 하는 시다.

_ 2006. 6. 15.

9. 노동자의 노래
勞歌

장뢰(張耒)

비 구경도 하기 힘든 무더운 여름날
구름은 안 모이고 먼지만 자꾸 난다.
사람 없는 대청에서 낮잠 한숨 자고 나서
몸을 뒤척이려니 비 오듯이 땀이 난다.
한길에서 짐을 지는 불쌍한 짐꾼들은
튀어나온 퍼런 힘줄 굵직한 뼈대로
반쯤 기운 등거리에 인생을 걸고
힘으로 돈을 벌어 아들딸을 키우는데
남들은 소와 말을 큰 나무에 매어 놓고
더위라도 먹을세라 그것만 걱정한다.
하늘이 낸 인간인데 저리 고생하나니
저네 팔자 우마보다 못한 줄을 누가 알리?

暑天三月元無雨　서천삼월원무우
雲頭不合惟飛土　운두불합유비토
深堂無人午睡餘　심당무인오수여
欲動身先汗如雨　욕동신선한여우
忽憐長街負重民　홀련장가부중민
筋骸長穀十石弩　근해장구십석노
半衲遮背是生涯　반납차배시생애
以力受金飽兒女　이력수금포아녀
人家牛馬繫高木　인가우마계고목
惟恐牛軀犯炎酷　유공우구범염혹
天工作民良久艱　천공작민량구간
誰知不如牛馬福　수지불여우마복

■

북송 시인 장뢰(張耒, 1054-1114)는 하층 민중들의 애환을 잘 알고 있었다. 이 시는 어느 여름날 낮잠을 자고 일어난 그가 문득 자신이 편안하게 잠을 잔 그 순간에도 힘든 일에 시달리며 고통스럽게 살아가고 있었을 노동자들을 떠올리며 그들에 대한 동정심과 죄책감을 노래한 것이다.

구름 한 점 없는 뜨거운 여름의 한낮에는 가축도 일을 시키지 않고 그늘에서 쉬게 한다. 짐승도 그렇거늘 가난한 노동자들은 오히려 작열하는 한낮의 태양 아래 끙끙거리며 무거운 짐을 날라야 한다. 그러나 그들은 무거운 짐이 하나라도 더 많기를 바란다. 아들딸을 제대로 키울 수만 있다면 자기 한 몸은 바스러져도 아깝지 않다는 것이 그들의 한결같은 생각이다.

오늘날 우리 사회에 가난을 비관한 나머지 자녀들을 데리고 동반 자살하는 사람이 많다. 그런가 하면 애완동물에게 맛있는 음식을 잔뜩 먹여 놓고는 배탈 날까 봐 소화제까지 먹이는 사람도 있고, 수입 명품이 아니면 사지를 않는다고 자랑하는 사람도 있다.

장뢰는 노동자들을 대변하여 인간을 이토록 불평등하게 만든 조물주를 은근히 원망했거니와 그로부터 근 천 년이 지난 지금도 인간 불평등의 문제는 여전히 남아 있

다. 있는 사람들이 모두 장뢰와 같은 생각을 가진다면
인간 불평등의 문제도 해결될 수 있지 않을까?

_ 2004. 7. 8.

10. 6월 27일에 망호루에서 술에 취해

六月二十七日望湖樓醉書

소식(蘇軾)

먹 쏟은 듯 까만 구름이 산을 채 덮기도 전에
하얀 비가 진주 되어 배로 뛰어들더니
땅을 쓸며 불어온 바람이 갑자기 구름을 날려 버
   리자
망호루 밑 호수가 하늘과 같네.

黑雲翻墨未遮山   흑운번묵미차산
白雨跳珠亂入船   백우도주란입선
卷地風來忽吹散   권지풍래홀취산
望湖樓下水如天   망호루하수여천

"위에는 천당이 있고, 아래에는 소주와 항주가 있다(上有天堂, 下有蘇杭)"라는 속담이 있다. 절강성(浙江省) 항주가 강소성(江蘇省) 소주와 더불어 천당에 비견될 정도로 아름답고 풍요로운 고장이라는 뜻이다. 소식(蘇軾, 1036–1101)은 두 번이나 이 아름다운 고장에서 벼슬살이를 했으니, 첫 번째는 항주통판(杭州通判)으로 재직한 희령 4년(1071)부터 희령 7년(1074)까지였고, 두 번째는 항주지주(杭州知州)로 재직한 원우 4년(1089)부터 원우 6년(1091)까지였다. 항주에서 벼슬살이를 하는 동안 그는 지상천당의 아름다움을 여한 없이 누렸다. 그는 특히 서호(西湖)를 좋아하여 시간이 날 때면 곧잘 그곳으로 가서 술잔을 들고 서호 일대의 경치를 감상하면서 시를 짓곤 했다.

서호에는 호도(湖島)인 고산(孤山)을 사이에 두고 서쪽에 소제(蘇堤)가 있고 동쪽에 백제(白堤)가 있다. 소제는 소식이 항주지주로 있을 때 쌓은 제방이고, 백제는 당나라 시인 백거이가 항주자사로 있을 때 쌓은 제방이다. 백제 부근에 망호루라는 누각이 하나 있는데, 항주통판으로 재직 중이던 희령 5년(1072) 음력 6월 27일에 소식이 이 누각 부근에서 술을 마시며 뱃놀이를 하노라니 갑자기 소나기가 내리다가 금방 뚝 그쳤다. 이 시는 그때의 감회를 노래한 것이다.

뱃놀이를 하다가 갑자기 이상한 느낌이 들어서 고개를 들어 보았다. 저기 앞산 너머에서 먹구름이 몰려오고 있었다. 잘하면 비를 피할 수 있을 것 같아 있는 힘을 다해 망호루 쪽으로 배를 저었다. 그러나 구름이 아직 산을 채 덮기도 전에 앞서 온 구름이 벌써 후드득후드득 굵직한 빗방울을 뿌리기 시작했다. 하얀 빗방울이 세차게 뱃전을 치고는 배 안으로 마구 뛰어 들어왔다. 그런데 이게 웬일인가? 장대같이 퍼붓던 소나기가 순식간에 뚝 그쳐 버린 것이다. 하늘은 다시 구름 한 점 없이 맑아졌다. 그는 신기한 마음으로 하늘과 호수를 번갈아 바라보았다. 어느 것이 호수고 어느 것이 하늘인지 분간하기 어려웠다. 그래서 서호는 더더욱 감칠맛이 나는가 싶었다. 항주 서호는 맑을 경우, 비가 올 경우, 달이 떴을 경우, 눈이 왔을 경우 등 경우에 따라 각기 다른 아름다움을 보여 주는데 이에 대하여 "맑을 때의 호수는 비 올 때의 호수만 못하고, 비 올 때의 호수는 달 뜬 때의 호수만 못하고, 달 뜬 때의 호수는 눈 내린 때의 호수만 못하다 (晴湖不如雨湖, 雨湖不如月湖, 月湖不如雪湖)"라고들 하거니와, 이 시는 비 올 때의 서호 가운데 한 장면을 참으로 실감 나게 묘사해 놓은 명작이다.

망호루 계단 밑에 세워져 있는 작은 비석에 "옛날부터

망호루를 노래한 시가 아주 많은데 그 가운데 북송 때의 대시인 소식의 <6월 27일에 망호루에서 술에 취해>가 가장 유명하다(歷代詠望湖樓的詩作極多, 其中以北宋大詩人蘇軾的<六月二十七日望湖樓醉書>最爲有名)"라고 씌어 있다. 이 시가 많은 사람의 사랑을 받아 왔다는 증언이다.

지금쯤 항주 서호에 가면 '비 올 때의 호수(雨湖)'를 어렵지 않게 맛볼 수 있을 것임에 틀림없다.

_ 2004. 7. 25.

11. 부채의 한
怨歌行

반첩여(班婕妤)

베틀에서 막 끊어낸 새하얀 명주
서리인 듯 눈인 듯 깨끗하고 고운데
정성 들여 잘라서 부채 만드니
둥글둥글 저 하늘의 명월일레라.
임의 품과 소매에 수시로 드나들며
살랑살랑 미풍을 일으키지만
언제나 두렵구나 가을철이 다가와
서늘한 바람이 더위를 앗아가면
상자 속에 버려진 채
사랑이 중도에 끊어질세라.

新裂齊紈素　　신 렬 제 환 소

鮮潔如霜雪　　선 결 여 상 설

裁爲合歡扇　　재 위 합 환 선

團團似明月　　단 단 사 명 월

出入君懷袖　　출 입 군 회 수

動搖微風發　　동 요 미 풍 발

常恐秋節至　　상 공 추 절 지

涼飆奪炎熱　　량 표 탈 염 열

棄捐篋笥中　　기 연 협 사 중

恩情中道絶　　은 정 중 도 절

■

이 시는 조비연(趙飛燕) 때문에 은총을 잃은 한(漢)나라 성제의 궁녀 반첩여(班婕妤)가 지었다는 설과 작자가 분명하지 않은 한나라 때의 민간 가요라는 설이 있다. 작자가 누구든 간에 이 시는 한창 고운 젊은 시절에는 사랑을 듬뿍 받고 있지만 나이 들어 고운 얼굴이 노쇠해지고 상대방에게 새 사람이 나타나면 금방 사랑을 잃게 될 자신의 가련한 신세를 한탄한 것이다.

그러나 내부를 들여다보면 금방 뜨겁게 불타다가 금방 싸늘하게 식어 버리는 온 세상 남자들의 믿기 어려운 사랑을 풍자한 것 같기도 하고, 더욱 깊게 들여다보면 필요할 때는 알랑거리다가 필요가 없어지면 금방 돌아서는 인간 사회의 염량세태를 풍자한 것 같기도 하다. 그러나 이 시는 굳이 이와 같이 거창한 의미를 부여하지 않고 단순히 부채의 신세 한탄으로만 읽어도 충분히 감동적이다.

이제 곧 무더위가 사라지고 부채가 두려워하는 가을이 올 것이다. 부채에게는 미안한 일이지만 대부분의 사람들이 지난여름의 불볕더위에 몸서리를 치면서 상큼한 가을바람이 온몸을 어루만져 주기를 기다리고 있을 것이다. 그러나 비가 오면 짚신 파는 아들이 걱정되고 해가 나면 나막신 파는 아들이 걱정된다는 말이 있듯이 가을이 오기를 손꼽아 기다리는 사람들 사이 어딘가에 더위가 사라질까 봐 걱정하는 사람도 있을 것이다. 선풍기 장수나 해수욕장 상인처럼 말이다.

그러나 올해의 경우 가을이 오는 것을 가장 크게 걱정하는 사람은 아무래도 지난여름의 홍수에 집을 잃고 가족을 잃은 수재민들일 것이다. 날씨가 더울 때는 학교 강당이나 컨테이너 상자 안에서 지낼 수도 있겠지만 가을이 오고 이어서 겨울이 오면 어디서 그 추위를 견딘단 말인가?

그리고 실종된 채 아직까지 생사를 알 수 없는 가족들, 어딘가에서 애타게 구원의 손길을 기다리고 있을지도 모르는 부모와 자식과 형제는 또 어찌한단 말인가?

올해는 아무래도 시원해졌다고 해서 너무 좋아하지만 말고 수재민들의 입장을 생각하면서 가을을 맞아야 될 것 같다.

_ 2006. 8. 7.

제3부

가을 노래

1. 감옥의 매미 소리
在獄詠蟬

낙빈왕(駱賓王)

이 가을에 나무에 앉아 노래하는 저 매미
이 죄인의 가슴으로 스며드는 나그네 설움
어떻게 견디리오 머리 검은 저 매미가
이렇게 날아와 머리 하얀 나를 보고 노래함을!
이슬이 무거워서 날아가지 못하는데
바람이 심해 소리마저 잦아들고 마는구나.
아무도 고결함을 믿어 주지 않으니
누구에게 내 마음을 보여 줄거나.

西陸蟬聲唱　　서륙선성창

南冠客思侵　　남관객사침

那堪玄鬢影　　나감현빈영

來對白頭吟　　래대백두음

露重飛難進　　로중비난진

風多響易沈　　풍다향이침

無人信高潔　　무인신고결

誰爲表予心　　수위표여심

■

낙빈왕(駱賓王, 640?-684?)은 초당사걸(初唐四傑)의 한 사
람으로 어릴 적부터 남다른 재주가 있어서 장래가 매우
촉망되는 사람이었으나 무측천(武則天)의 미움을 사는
바람에 벼슬길이 순탄하지 못했다. 그리하여 그는 마침
내 서경업(徐敬業)의 반란에 가담하여 무측천의 토벌을
촉구하는 격문을 쓰기에 이르렀다.

시어사(侍御使)로 재임 중이던 고종 의봉 3년(678)에
그는 당시의 정치적 사안에 대하여 자신의 견해를 밝힌
상소문을 올렸는데 이 상소문이 무측천의 비위를 건드
리는 바람에 누명을 쓰고 장안(長安, 지금의 섬서성陝西
省 서안西安)의 감옥에 수감되었다. 이 시는 그때의 심정
을 토로한 것이다.

날씨가 서늘해진 어느 가을날, 감옥 앞에 서 있는 커다
란 나무에서 매미 소리가 들렸다. 매미 소리는 그러지
않아도 가뜩이나 울적하던 그의 마음을 더욱 울적하게
만들었다. 순간 그는 매미가 바로 자신의 화신이라는 생
각이 들었다. 날개가 이슬에 젖어서 날아가지도 못하는
매미, 그것은 바로 정적의 방해로 정치적 포부를 펼쳐
볼 수 없는 자신의 모습이었다. 목이 터져라 소리쳐 보
지만 바람이 심하게 불어서 소리가 자꾸만 잦아드는 매
미, 그것도 아무리 결백을 하소연해 보아야 아무도 귀를

기울여 주지 않는 자신의 모습이었다. 이제 곧 가을이 깊어지면 이 세상에서 자취를 감추고 말 매미, 그것 역시 이제 곧 감옥에서 억울하게 죽고 말 자신의 모습이었다.

차라리 남쪽에 있는 고향으로 돌아가 은거하고 싶지만 지금은 그렇게도 할 수 없는 처지다. 그러나 설사 감옥에서 억울하게 죽는 한이 있더라도 나의 생각을 바꾸지는 않을 것이다. 나는 결코 죄를 짓지 않았으니까. 매미는 언제나 깨끗한 이슬만 먹고 산다지 않는가? 나도 저 매미처럼 이슬만 먹는 고결함을 견지하리라. 나의 고결함을 믿어 주는 사람이 아무도 없을지라도 말이다. 낙빈왕은 이렇게 자신을 매미에 비유함으로써 자신이 정말로 결백하다고 절규했던 것이다.

_ 2005. 10. 11.

2. 직녀의 한
迢迢牽牛星

무명씨(無名氏)

은하수 저쪽에서 가물거리는 견우여!
곱디고운 직녀가 은하수 이쪽에서
희디흰 섬섬옥수 살포시 들어
찰카닥찰카닥 베를 짜는데
하루 종일 한 뼘도 짜지 못하고
비 오듯이 눈물만 주룩주룩 흘리네.
은하수가 저토록 맑고 얕거늘
두 사람이 떨어진들 얼마나 멀랴?
찰랑찰랑 넘실대는 강 하나를 사이에 두고
서로 빤히 쳐다볼 뿐 말 한마디 못하네.

迢迢牽牛星　초초견우성

皎皎河漢女　교교하한녀

纖纖擢素手　섬섬탁소수

扎扎弄機杼　찰찰롱기저

終日不成章　종일불성장

泣涕零如雨　읍체령여우

河漢淸且淺　하한청차천

相去復幾許　상거부기허

盈盈一水間　영영일수간

脈脈不得語　맥맥부득어

■

한(漢)나라 때 지어진 무명씨의 시다. 무명씨의 작품이
기는 하지만 한나라 때 지어졌다는 것은 분명한 사실
이므로 다음과 같이 이 시의 창작 배경을 상정해 볼
수 있다.

지금으로부터 약 2천 년 전, 중국의 어느 시골. 한 아가
씨가 베틀 앞에 앉아서 베를 짜고 있다. 그런데 웬일인
지 베 짜는 일이 좀처럼 진척되지 않는다. 한 올 짜고 눈
썹 한 번 찡그리고, 한 올 짜고 천장 한 번 쳐다보고 하
는 것으로 보아 아무래도 심상치 않은 일이 있는 것 같
다. 무슨 일일까? 옆에서 보던 시인이 상상력을 발휘한다.
"저 아가씨가 옆집 총각과 서로 좋아하고 있구나. 그런
데 주위 사람들의 눈이 무서워서 만나지를 못하는구나."
순간 아가씨의 얼굴이 직녀의 얼굴로 바뀌면서 그 앞에
하얀 은하수가 펼쳐진다. 은하수 저쪽에 견우가 이쪽을
뚫어져라 쳐다보고 서 있다. 두 사람은 애를 잔뜩 태우
며 서로에 대한 그리움에 빠진다.

가을의 문턱에 들어선 음력 7월 7일 즉 칠석날 저녁. 산
들바람이 한 줄기 스쳐가며 등허리의 땀을 말리고, '귀
뚜르르!' 여기저기에 귀뚜라미 소리가 요란하다. 맑은
하늘에 금가루를 뿌려 놓은 듯 수없이 많은 별들이 명멸
하고 은하수가 그 사이로 굵은 금을 그으며 지나간다.

은하수 양쪽에 유난히 빛나는 별이 하나씩 있다. 하나는 견우성이고 건너편에 있는 것은 직녀성이다. 그런데 맑기만 하던 하늘에 느닷없이 구름이 몰려들더니 후둑후둑 빗방울을 뿌린다. 조금 전까지 맑던 하늘에서 어떻게 이렇게 갑자기 비가 내릴 수 있는지 참으로 신기한 일이다. 사람들은 그것이 은하수를 사이에 두고 1년 내내 떨어져 살다가 칠석날을 맞아 까막까치가 놓아 주는 오작교에서 1년 만에 만난 견우와 직녀가 흘리는 기쁨의 눈물이라고 여긴다.

이것은 도시에서는 몰라도 시골에서는 흔히 겪는 일이었다. 지금도 시골 사람들은 1년에 한 번씩 은하수를 쳐다보며 이런 상상을 즐길 것이다. 도시에 사는 사람도 1년에 한 번쯤 은하수 여행을 즐겨 봄이 어떨까? 지금 바로 고개 들어 하늘을 한번 보자.

_ 2006. 7. 4.

3. 장신궁의 가을 노래
長信秋詞

왕창령(王昌齡)

금빛 궁전이 열리는 새벽녘에 마당을 쓸고
동그란 부채를 들고 한동안 서성이나니
옥 같은 내 얼굴이 저 까마귀만 못하구나
저놈은 그래도 소양궁의 햇살을 받았으니.

奉帚平明金殿開　봉추평명금전개
且將團扇暫徘徊　차장단선잠배회
玉顏不及寒鴉色　옥안불급한아색
猶帶昭陽日影來　유대소양일영래

한나라 성제(成帝)의 궁녀였던 반첩여(班婕妤)는 한동
안 성제의 총애를 한 몸에 받았으나 나중에는 성제의 총
애가 조비연(趙飛燕)에게로 옮겨 가 버리는 바람에 외
롭고 처량한 신세가 되고 말았다. 그러나 조비연은 사람
들이 받쳐 든 쟁반 위에 올라서서 춤을 출 수 있을 정도
로 허리가 가늘고 몸매가 날씬한 절세의 미인이었으므
로 반첩여는 자신이 성제의 마음을 되돌리기 어렵다는
사실을 잘 알고 있었다. 반첩여는 총애를 잃은 뒤 조비
연의 눈에 날까 봐 두려운 나머지 자청하여 장신궁(長信
宮)으로 가서 태후(太后)를 위해 시중을 들었다. 그 뒤
로 그녀는 궁전이라는 폐쇄된 공간에서 황제의 관심 밖
에 있는 버려진 궁녀로 고독을 벗 삼으며 쓸쓸하게 혼자
살아야 했다.

장신궁의 동쪽에 소양궁(昭陽宮)이 있었다. 조비연이 황
후가 된 지 얼마 되지 않아 성제의 총애는 또 다시 다른
사람에게로 옮겨 갔다. 이번에는 조비연의 누이동생 조
합덕(趙合德)이었다. 성제의 발걸음은 자연히 조합덕이
거처하는 소양궁을 향하곤 했다. 이 무렵 장신궁에서 태
후에게 시중을 들고 있던 반첩여는 이따금 일손을 멈추
고 소양궁을 쳐다보면서 자신의 신세를 여름이 지나 버
려진 부채에 비유하며 탄식하곤 했다.

그때 그녀가 지은 <부채의 한(怨歌行)>은 대대로 인구에 회자해 온 유명한 작품인데 그 가운데 "언제나 두렵구나 가을철이 다가와, 서늘한 바람이 더위를 앗아 가면, 상자 속에 버려진 채, 사랑이 중도에 끊어질세라(常恐秋節至, 涼飆奪炎熱. 棄捐篋笥中, 恩情中道絶)"라는 몇 구절이 특히 독자들의 심금을 울려 왔다.

이 시는 왕창령(王昌齡, 698-757)이 지은 <장신궁의 가을 노래> 다섯 수 가운데 세 번째 작품이다. 그는 외롭고 쓸쓸한 한 궁녀의 한 많은 인생을 극도로 동정한 나머지 그녀의 입장을 대변하여 이 시를 지었다. 반첩여에 비유된 한 궁녀가 새벽같이 일어나 궁전 마당을 청소해 놓고 난 뒤 황제가 계실 궁전을 한참 동안 뚫어지게 바라보다가, 눈부시게 떠오르는 하얀 아침 햇살을 받으며 그 궁전에서 날아와 아무런 거리낌 없이 허공 속으로 멀어져 가는 까마귀를 발견하고 자신이 저 까마귀만도 못하다고 자조하는 모습은, 버림받은 한 궁녀의 처량한 생활을 마치 실제 상황인 양 형상감 있게 보여 주고 있다.

_ 2004. 8. 8.

4. 산골 집의 가을 저녁
山居秋暝

왕유(王維)

인적 없는 텅 빈 산에 갓 비가 내린 뒤
산골의 저녁 날씨 가을빛이 완연하네.
막 떠오른 밝은 달이 소나무 사이로 비치고
샘에서 솟은 맑은 물이 바위 위로 흐르는데
댓잎이 사각사각 빨래하던 아낙 돌아가고
연잎이 흔들흔들 고깃배가 내려가네.
봄꽃이야 제 맘대로 져 버렸지만
가을에도 이 산골은 살 만하다네.

空山新雨後　공산신우후
天氣晩來秋　천기만래추
明月松間照　명월송간조
清泉石上流　청천석상류
竹喧歸浣女　죽훤귀완녀
蓮動下漁舟　연동하어주
隨意春芳歇　수의춘방헐
王孫自可留　왕손자가류

비가 한바탕 지나간 뒤 대지는 한결 산뜻해지고 하늘도 더욱 높아졌다. 인적 없는 산골에 가을이 찾아온 것이다. 휘영청 밝은 가을 달은 솔밭을 두루 비춰 소나무 사이의 틈새가 훤히 보이고, 맑디맑은 산골 물은 졸졸 소리를 내며 바위를 타고 흘러내린다. 대밭에서 문득 사각사각하며 대나무 잎사귀 부딪치는 소리가 난다. 부근에서 빨래하던 산골 여인이 대밭 사이로 나 있는 실낱만큼이나 가느다란 오솔길을 따라 집으로 돌아가는 것임을 보지 않아도 알 수 있다. 또 저만치에 연잎이 심하게 흔들리고 있는 것을 보니 하루 종일 연못에서 고기잡이하던 어부가 연 줄기 사이를 헤치며 쪽배를 저어 집으로 돌아가는 것임에 틀림없다.

한나라 때 회남소산(淮南小山)이 간신배의 참소를 받아 조정을 떠난 굴원(屈原, BC 340?-278?)을 불러들이기 위해 지었다고 전해지는 <은사여 돌아오라(招隱士)>라는 초사(楚辭) 작품에 "왕손이여 돌아오라, 산골은 오랫동안 머물 곳이 못 된다네(王孫兮歸來, 山中兮不可以久留)"라고 했다. 회남소산의 눈에는 산골이 사람 살기 어려운 곳으로 보였던 모양이다.

그러나 이 시를 지은 왕유(王維, 701-761)의 눈에는 온갖 꽃이 향기를 내뿜으며 저마다 아름다운 자태를 자

랑하는 봄은 말할 것도 없지만, 밝은 달이 있고 맑은 물
이 있고 순박한 시골 사람들이 있기에 이처럼 서늘한 바
람이 부는 가을에도 산골은 봄 못지않게 운치 있는 곳으
로 보였다. 그런 까닭에 그는 회남소산의 생각에 동의할
수가 없었다. 산골은 사시사철 어느 때고 다 살기 좋은
곳이라는 것이 직접 경험을 통해 얻게 된 그의 확고한
신념이었던 것이다.

_ 2004. 9. 29.

5. 가을날의 시골길

秋日行村路

악뇌발(樂雷發)

석양 비친 울타리 밑에 놀고 있는 아이들
콩꼬투리 생강 싹에 제사 고기 삶는 내음
넓은 논의 벼꽃은 주인이 누구인가?
빨간 고추잠자리와 초록 사마귀.

兒童籬落帶斜陽　아동리락대사양
豆莢薑芽社肉香　두협강아사육향
一路稻花誰是主　일로도화수시주
紅蜻蛉伴綠螳螂　홍청령반록당랑

남송 시인 악뢰발(樂雷發, 1208-1283)의 시다. 악뢰발은 용릉(春陵, 지금의 호남성湖南省 영원寧遠 서북쪽) 사람으로 총명하고 영민하기로 소문났으면서도 여러 차례 과거에 낙제했다. 이를 안타깝게 여긴 제자 요면(姚勉)이 자신의 급제를 스승에게 양보하겠다고 상소하자 이를 본 이종 황제가 친히 시험한 후 특과제일(特科第一)을 하사함으로써 비로소 관직에 나아갔다. 이처럼 어렵사리 관직에 나아갔으나 당시의 정치 풍조에 실망한 나머지 오래지 않아 벼슬을 그만두고 다시 고향으로 돌아갔다. 이러한 정황으로 미루어 볼 때 그의 고향 용릉의 농촌을 이 시의 배경으로 상정해 보는 것이 자연스러워 보인다.

호남 지방에 풍성한 수확의 계절 가을이 왔다. 오랫동안 서재에 틀어박혀 책만 보던 시인이 가을이 어디까지 왔나 싶어 오랜만에 지팡이를 짚고 대문을 나선다. 채마밭의 울타리에 석양이 발갛게 비쳐 있고 그 앞에 아이들이 옹기종기 모여서 소꿉놀이를 하고 있다. 가을철의 저녁 나절이라고는 해도 호남 지방은 위도가 북위 30도 이하인 아열대지방이라 아직은 햇살이 제법 따갑다. 아이들의 등에 비친 저녁 햇살도 상당히 따가워 보인다.

아이들을 뒤로하고 몇 걸음을 더 가노라니 가을바람을

타고 어디선가 아련한 향내가 날아와 후각을 자극한다. 시인은 코를 몇 번 킁킁거려 보고는 곧 그것이 콩꼬투리 삶는 내음임을 알아차린다. 다시 몇 걸음을 더 가니 이번에는 생강 싹 삶는 향내가 나고 뒤따라 돼지고기 삶는 향내도 난다. 돼지고기 삶는 향내에 시인은 문득 추수감사절이 가까웠음을 직감한다. 가난한 시골에서는 제사와 같은 특별한 날 이외에는 고기를 삶을 일이 없기 때문이다.

"그 사이에 세월이 꽤 많이 흘렀구나" 하고 생각하며 걸어가는 사이에 시인은 어느덧 마을을 벗어나 들판에 이른다. 길을 사이에 두고 양쪽으로 질펀하게 펼쳐져 있는 논에 벼꽃이 흐드러지게 피어 있다. 눈에 보이는 것이라고는 벼꽃밖에 없는 것 같다.

"올해는 풍년이 들었구나. 이제 곧 집집마다 수확의 기쁨을 만끽하겠구나."

시인은 논으로 다가가 벼꽃을 들여다본다. 거기 커다란 안경을 낀 듯 두 눈이 부리부리한 사마귀 한 마리가 벼 잎사귀를 꼭 끌어안은 채 금방이라도 무언가를 덮칠 태세를 취하고 있다. 먹이를 응시하고 있는 모양이다. 그리고 다음 순간 새빨간 고추잠자리 한 마리가 벼꽃에 닿을 듯 나직이 내려왔다가는 이내 다시 하늘로 차고 올라간다. 시인의 시선이 고추잠자리를 따라가자 거기 수없이 많은 고추잠자리가 부산하게 날아다닌다.

이것은 스물여덟 글자로써 한 농촌의 평화로운 가을 풍경을 고스란히 담아낸 한 폭의 소품 풍경화다. 이만하면 시의 묘사 능력이 그림에 못지않다고 할 만하다.

_ 2006. 9. 7.

6. 시골길을 가노라니
村行

왕우칭(王禹偁)

말이 산길을 헤치고 가니 국화가 막 노릇노릇
말에게 맡긴 채 유유히 가니 끝없는 들판의 흥
골짝마다 들려오는 가을의 소리
석양 아래 말없이 선 몇몇 봉우리
떨어진 팥배 잎은 새빨간 연지
활짝 핀 메밀꽃은 향내 나는 눈
읊고 나니 웬일인지 문득 솟는 서글픔
우리 고향 나무 같은 다리께의 저 나무

馬穿山徑菊初黃　마천산경국초황
信馬悠悠野興長　신마유유야흥장
萬壑有聲含晚籟　만학유성함만뢰
數峰無語立斜陽　수봉무어립사양
棠梨葉落胭脂色　당리엽락연지색
蕎麥花開白雪香　교맥화개백설향
何事吟餘忽惆悵　하사음여홀추창
村橋原樹似吾鄉　촌교원수사오향

■

가을이 얼마나 깊었을까? 시인은 궁금한 나머지 친히 말을 타고 교외로 나가 본다. 산기슭 여기저기에 노란 국화가 피기 시작하는 것을 보니 확실히 가을이 깊어지기는 한 모양이다. 가을의 흥취에 취해 지향 없이 가노라니 사방에서 바람 맞은 나뭇잎들이 서로 부대끼는 소리가 나고 을씨년스러운 가을벌레 소리도 들린다. 한편에서는 빨갛게 물든 나뭇잎이 대지를 화사하게 비추는데 그 옆에 벌써 하얀 눈이 내려서 수북이 쌓여 있다. 그런데 웬일일까? 눈에서 향내가 나다니! 자세히 보니 그것은 눈이 아니라 메밀꽃이다. 참으로 아름다운 풍경이다. 그리고 굉장히 눈에 익은 장면이다.

시인은 자신도 모르게 흥이 나서 콧노래를 흥얼거려 본다. 콧노래가 끝나자 왠지 모를 슬픔이 시인을 엄습한다. 그로 하여금 슬픔에 빠지게 한 것이 무엇일까? 그래 그것은 바로 저기 저 다리 옆에 서 있는 키 큰 나무다. 보라, 저기 저 작은 개울에 놓여 있는 낡은 다리와 그 옆에 서 있는 나무를! 저것은 바로 고향 마을 어귀에 있는 그 다리요 바로 그 나무가 아닌가! 아니 나무뿐이 아니다. 산기슭에 노랗게 핀 국화며 석양 아래 정겹게 서 있는 산봉우리들, 그리고 새빨간 팥배 잎과 하얀 메밀꽃, 어느 것 한 가지도 고향의 정취를 지니고 있지 않은 것

이 없다. 갑자기 견디기 힘든 향수가 인다. 그러나 가고
싶다고 해서 갈 수 있는 것이 아니다. 무엇 때문에 고향
으로 돌아가지 못하고 이 낯선 땅에서 외롭게 살아야 하
는 것인가!

이것은 북송 시인 왕우칭(王禹偁, 954-1001)의 시다.
당시 그는 상주(商州, 지금의 섬서성陝西省 상현商縣)에
서 귀양살이를 하고 있었는데 어느 날 말을 타고 교외로
나갔다가 마치 자신의 고향인 것 같은 정겨운 시골 풍경
을 보고 이 시를 지었다.

_ 2005. 11. 14.

7. 중양절날 산동의 형제들이 그리워서
九月九日憶山東兄弟

왕유(王維)

나 혼자 타향에서 나그네로 살다 보니
명절만 닥쳐오면 육친 생각 배가되네.
형제들이 다 함께 높은 산에 올라가
수유를 꽂다 보면 한 가지가 남겠네.

獨在異鄕爲異客 독재이향위이객
每逢佳節倍思親 매봉가절배사친
遙知兄弟登高處 요지형제등고처
遍插茱萸少一人 편삽수유소일인

■

각종 열매로 술 담그기를 좋아하는 한 친구가 산수유가 익었을 계절이라며 혹시 우리 아파트 정원에 산수유가 있는지 물었다. 있으면 와서 따 가겠다는 뜻이었다. 그렇다고 대답해 놓고 사실을 확인하기 위해 이튿날 아침 출근하는 길에 산수유나무가 있는 곳으로 가 보았다. 이른 봄에 노란 꽃이 소복하게 피어 있는 모습을 본 뒤로 여러 달 동안 그 존재를 잊고 있었던 나무다. 오래간만에 가서 눈여겨보니 새빨갛게 익은 조그만 열매들이 서로 자기 자리를 안 뺏기려고 다투기라도 하는 듯 다닥다닥 과밀하게 가지에 매달려 있다. 어찌 보니 덜 익은 버찌 같기도 하고 어찌 보니 잘 익은 구기자 같기도 하다. 《어정패문재영물시선(御定佩文齋詠物詩選)》의 <산수유류(山茱萸類)>에 송나라 서현(徐鉉)의 시 <어찰을 받들어 수유를 읊는다(奉御札賦茱萸詩)>와 <수유를 읊은 임금님의 시에 창화하여(奉和御製茱萸)> 및 당나라 배적(裴迪)의 시 <수유가 우거진 물가(茱萸沜)>처럼 제목에 '수유'라는 말이 들어간 시도 수록되어 있고, "수유의 붉은 열매 흐드러진 꽃과 같네(茱萸紅實似繁花)"라는 구절이 있는 당나라 사공서(司空曙)의 <가을 정원(秋園)>이라는 시도 수록되어 있다. 이것을 보면 옛날 사람들이 산수유와 수유를 동일시했음을 짐작할

164

수 있다.

게다가 왕유(王維, 701-761)의 시 <산수유(山茱萸)>
에 "새빨간 열매가 산자락에 널렸는데, 찬 기운에 맑은
향을 더욱 많이 내뿜는다(朱實山下開, 淸香寒更發)"라는
구절이 있는데 이 중의 '새빨간 열매(朱實)'가 어떤 판본
에는 '수유(茱萸)'로 되어 있어서 산수유가 곧 수유라는
믿음을 갖게 하고, 또 그의 시 <수유가 우거진 물가(茱
萸沜)>에서 "열매 맺혀 붉은색과 초록색이 어우러지니,
고운 꽃이 다시 한 번 핀 것과도 같구나(結實紅且綠, 復
如花更開)"라고 묘사한 수유 열매의 모양이 산수유 열
매와 매우 흡사해서 이 믿음을 더욱 굳게 만든다.

그러나 오랫동안 수유와 산수유의 관계에 대해서 깊은
관심을 가져 왔음에도 불구하고 나는 아직까지 산수유
가 바로 수유라고 단정하지는 못하고 있다. 내가 찾아본
각종 자료 중에는 수유가 바로 산수유라고 분명하게 설
명해 놓은 것이 없었기 때문이다.

그런데 산수유 열매를 보는 순간 문득 왕유의 이 시가
떠오른 것은 무슨 까닭일까? 어쩌면 나도 모르는 사이에
어느덧 산수유가 곧 수유라는 사실을 당연시하고 있는
지도 모르겠다. 중양절날 높은 곳에 올라가서 수유를 꽂
고 국화주를 마시면 재앙을 막을 수 있다는 속설 때문에
옛날 중국 사람들 사이에는 이날이 되면 너도나도 산에

올라가서 빨간 수유를 머리에 꽂고 노는 이른바 등고(登高)라는 풍습이 있었거니와 산수유를 보니 그 새빨간 열매가 정말로 재앙을 잘 물리칠 것 같은 생각도 든다.

화산(華山) 동쪽에 위치한 하동도(河東道) 포주(蒲州, 지금의 산서성山西省 영제永濟), 그곳에서 오늘도 언제나처럼 등고 행사가 열리고 있으리라. 그런데 이번 중양절에는 무심코 준비해 간 수유 가지가 하나 남으리라. 형제의 수만큼 준비해 간 수유 가지가 하나 남는 것을 보는 순간 형제들 가운데 한 사람이 멀리 타향에 나가 있다는 사실이 생각나리라.

어쩔 수 없는 현실로 받아들이고 체념했기 때문에, 그리고 고달픈 일상에 쫓겨서 늘 생각하고 있을 수도 없었기 때문에 한동안 잊고 있었던 일이 문득 생각나고 뒤따라 견디기 힘든 그리움이 형제들의 가슴을 엄습하리라. 그들은 한동안 넋을 놓고 멍하니 하늘 밖을 응시하리라. 시인은 눈을 감고 자신이 빠진 형제들의 등고 행사를 그려 본다. 자신이 그리워서 애간장이 끊어질 형제들이 안쓰럽다. 아니다. 그것은 형제들의 그리움이기 이전에 자신의 그리움이다.

왕유가 열일곱 살 때 지었다는 이 시는 표현이 특히 맛깔스러운 후반 두 구절이 인구에 회자하는 명구다. 이것

은 왕유가 시인으로 대성할 싹수를 보여 주는바 튼튼한
떡잎은 과연 거목 중의 거목으로 잘 자랐다.

_ 2009. 11. 19.

8. 높은 곳에 올라서

登高

두보(杜甫)

세찬 바람 높은 하늘 슬피 우는 원숭이
맑은 물 하얀 모래 빙빙 돌며 나는 새
가없는 낙엽은 우수수 떨어지고
쉬지 않는 장강은 출렁출렁 흐른다.
만 리의 슬픈 가을 만년 나그네
한평생 병 많은 몸이 홀로 누대에 오르나니
가난과 고생으로 흰머리가 수북한 채
풀이 죽어 탁주잔도 이젠 들지 않는다.

風急天高猿嘯哀　　풍급천고원소애

渚淸沙白鳥飛回　　저청사백조비회

無邊落木蕭蕭下　　무변락목소소하

不盡長江滾滾來　　부진장강곤곤래

萬里悲秋常作客　　만리비추상작객

百年多病獨登臺　　백년다병독등대

艱難苦恨繁霜鬢　　간난고한번상빈

潦倒新停濁酒杯　　료도신정탁주배

■

옛날에는 음력 9월 9일이 중양절이라는 중요한 명절이
었다. 이날이 되면 높은 곳에 올라가 머리에 수유(茱萸)
를 꽂고 국화주를 마시는 풍속이 있었다. 그렇게 해야
재앙을 물리치고 무병장수할 수 있다고 믿었기 때문이다.
이 시는 당나라 시인 두보(杜甫, 712-770)가 56세 되
던 해에 중양절을 맞은 소감을 노래한 것이다. 당시 그
는 폐병을 앓고 있는 허약한 몸으로 기주(夔州, 지금의
사천성四川省 봉절奉節) 일대를 떠돌고 있었다. 기주는
바로 장강삼협(長江三峽)이 시작되는 곳으로 장강을 사
이에 두고 양쪽에 높은 산이 병풍처럼 에워싸고 있고 산
에는 수목이 울창하게 서 있었다. 두보도 풍속에 따라
부근에 있는 높은 누대에 올라갔다. 바람이 싱싱 불고
하늘은 드높은데 협곡에서는 구슬픈 원숭이 울음소리가
요란하게 들려왔다. 강물은 맑디맑고 모래는 하얗게 반
짝이는데 그 위에 물새가 빙빙 돌며 저공비행을 즐기고
있었다. 눈앞에 펼쳐진 끝없는 산림에서 우수수 낙엽이
떨어지고 장강은 출렁출렁 도도하게 흘렀다.
그것을 바라보던 두보는 문득 걷잡을 수 없는 비감에 사
로잡혔다. 자신은 저 수없이 많은 낙엽 가운데 하나와
마찬가지로 이제 곧 바람결에 어디론가 날아가 흔적 없
이 사라지고 말 것이라고 생각되었다. 남들과 달리 평생

병치레를 달고 다니는 터에 이제 환갑이 멀지 않은 백발 노인이 되고 보니 더욱 그랬다. 그렇거늘 바람 앞의 등불 같은 목숨을 연장하면 얼마나 연장할 수 있겠다고 근심을 잊게 해 주는 술까지 끊고, 무병장수를 희망하며 아픈 몸을 이끌고 높은 누대에까지 올랐단 말인가! 그는 그 순간 자신이 참으로 가련하게 여겨졌다. 아니, 인간이 참으로 가소롭게 여겨졌다.

이 시는 두보의 칠언율시 가운데 가장 뛰어난 작품으로 평가됨은 물론 한 걸음 더 나아가 고금의 칠언율시 가운데 으뜸가는 작품으로까지 평가된다. 그것은 독자로 하여금 인생무상의 감개에 공명하게 하는 비장미 때문이기도 하지만, 작품 전체를 관통하는 정교하고 치밀한 대우(對偶)와 자연스럽고도 아름다운 음률에 기인하는 바가 더 크므로 원문을 원음으로 읽어 보아야 이 시의 맛을 제대로 느껴볼 수 있다.

_ 2006. 10. 10.

9. 술을 마시고
飮酒

도연명(陶淵明)

사람들이 사는 곳에 오두막을 지었건만
수레와 말의 요란한 소리 들리지 않네.
어찌하여 이럴 수가 있는고 하니
마음이 멀어 땅이 절로 구석져진 것이라네.
동쪽 울타리 밑에서 국화꽃을 따다가
고개 드니 저 멀리 남산이 보이는데
산색은 저녁을 맞아 한결 더 아름답고
새들은 짝을 지어 둥지로 돌아오네.
이 속에 사람 사는 참 의미가 있는데
무어라고 말하려다 그만 말을 잊었네.

結廬在人境　결려재인경
而無車馬喧　이무거마훤
問君何能爾　문군하능이
心遠地自偏　심원지자편
採菊東籬下　채국동리하
悠然見南山　유연견남산
山氣日夕佳　산기일석가
飛鳥相與還　비조상여환
此中有眞意　차중유진의
欲辨已忘言　욕변이망언

■

동진(東晉) 때의 유명한 시인 도연명(陶淵明, 365?-427)은 타고난 안빈낙도형 인간이었다. 그는 있으면 있는 대로 없으면 없는 대로 상황에 맞춰 즐겁게 살 수 있는 그런 사람이었다. 그러기에 그는 생계를 위하여 잠시 관직에 나아갔다가 쌀 다섯 말 때문에 시골의 소인배에게 허리를 굽힐 수 없다며 금방 사직하고 고향으로 돌아가서도 마음 편하게 지낼 수가 있었다.

그는 술을 무척 좋아했지만 고향으로 돌아가 가난한 농부로 살아가는 그로서는 좋아한다고 해서 늘 마실 수 있는 것은 아니었다. 없으면 그냥 참고 어쩌다 생기면 혼자서 취하도록 실컷 마셨다. 그리고 술에 취하면 으레 시를 읊조리곤 했다. 이 시는 그가 술에 취해서 지은 <술을 마시고(飮酒)>라는 제목의 시 20수 가운데 다섯 번째 것으로 그의 시 중에서 가장 인구에 회자하는 것이다.

이 시에서 그는 말로는 표현할 수 없는 전원생활의 희열을 노래했다. 시골집 울타리 밑에서 혼자 국화를 따다가 문득 고개를 들어 보니 멀리 남산이 보인다. 저녁나절이라 그런지 산이 유난히도 아름답다. 게다가 새들이 삼삼오오 짝을 지어 둥지를 찾아 평화롭게 날아온다. 그 순간 그는 벼슬을 그만두고 전원으로 돌아온 자신의 선택

이 정말로 탁월한 것이었음을 확인한다.

"그래 바로 이것이다. 좀 가난하면 어떠냐? 백 년도 못 사는 게 우리네 인생인데 무엇 때문에 권세와 부귀에 얽매여 아등바등한단 말이냐? 이와 같은 전원생활이야말로 진정으로 가치 있는 삶일 것이다."

그러나 나름대로 인생의 진정한 의미를 터득했다고 생각했는데도 불구하고 막상 그것을 말로 설명하려니 어떻게 표현해야 할지 생각이 나지 않았다. 그것은 몸으로 느낄 수 있을 뿐 말로 표현할 수는 없었던 것이다.

_ 2004. 10. 11.

10. 가련한 국화

題菊花

황소(黃巢)

우수수 찬바람 맞고 뜰에 가득 서 있건만
꽃술도 차고 향도 없으니 나비조차 안 오네.
훗날에 내가 만약 청제가 되면
복사꽃한테 얘기해서 같이 피게 해주마.

颯颯西風滿院栽　　삽삽서풍만원재

蕊寒香冷蝶難來　　예한향랭접난래

他年我若爲靑帝　　타년아약위청제

報與桃花一處開　　보여도화일처개

■

국화라고 하면 많은 사람들이 얼른, 선선한 저녁나절에 삼삼오오 짝을 지어 둥지로 돌아가는 새들을 멀거니 바라보고 서 있는 도연명(陶淵明)을 생각하거나, 온갖 풍상을 다 겪은 뒤 이제는 차분한 마음으로 거울 앞에 앉아서 담담하게 자신의 주름 잡힌 얼굴을 들여다보고 있는 서정주의 '누님'을 떠올릴 것이다.

가을바람이 불기 시작하면 봄여름 동안 저마다 아름다운 자태를 뽐내던 갖가지 꽃들이 모두 찬 공기를 견디지 못해 떨어지고 만다. 그런데 유독 국화만은 찬 공기를 두려워하지 않고 의연하게 피어나 더 이상 감상할 꽃이 없는 가을을 조금이나마 덜 을씨년스럽게 만들어 준다. 그래서 사람들은 국화를 오상고절의 절개 굳은 군자라고 칭송하며 매화·난초·대나무와 더불어 사군자의 일원으로 우대한다. 국화에 대한 이와 같은 생각은 거의 모든 사람에게 공통된 것으로 별로 예외가 없어 보인다. 그러나 황소(黃巢, ?−884)의 눈에 비친 국화는 전혀 다른 모습이었다. 황소는 무능과 부패로 얼룩졌던 당나라 말기에 농민들의 힘을 규합하여 '황소의 난'이라는 대대적인 반란을 일으켜 그 결과로 당나라의 멸망에 커다란 원인을 제공한 사람이다. 그러한 그의 눈에 비친 국화는 다른 꽃들의 위세에 눌려 기를 펴지 못하고 숨을 죽인 채 숨어 있다가 다른 꽃들이 다 사라지고 벌 나비조차도 떠나 버린 가을철에야 비로소 살며시 세상에 나와 온몸을 오돌오돌 떨면서 조심스럽게 살아가는, 연약하기 짝이 없는, 그래서 한없이 불쌍하기만 한 꽃이었다. 그리고 그에게 있어서 그러한 국화는 바로 관리들의 학정에 시달려 하루도 마음 편하게 살 날이 없는 가련한 백성이었다.

그는 이 가련한 국화를 위하여 자신이 무언가 해야 할 일이 있을 것만 같았다. 가만히 생각해 보니 그것은 바로 국화로 하여금 다른 꽃들 앞에서 기죽지 않고 당당하게 필 수 있도록 해 주는 것이었다. 그리하여 그는 마침내 국화도 복숭아꽃처럼 따뜻한 봄날에 피어서 벌 나비의 사랑을 듬뿍 받을 수 있게 해 주기 위해 자신이 봄의 신인 청제가 되기로 했다.

이 시는 바로 자신이 청제가 되겠다는 황소의 선언문이었던 셈인 바, 그는 자신이 공언했던 대로 과연 농민봉기를 일으켜 당나라 황제를 몰아내고 만백성의 환호 속에 장안으로 입성하여 일시적이나마 대제(大齊)라는 새로운 나라의 황제가 되기에 이르렀다.

_ 2004. 11. 11.

11. 깊어 가는 가을밤
子夜秋歌

이백(李白)

장안성 찬 하늘에 조각달 하나
또닥또닥 집집마다 다듬이 소리
가을바람 암만 불어도 날려 버릴 수 없나니
이 모두가 옥문관의 임 그리는 정이라네.
언제나 오랑캐를 평정하시고
우리 임 원정에서 돌아오실까?

     長安一片月　　장안일편월

     萬戶擣衣聲　　만호도의성

     秋風吹不盡　　추풍취부진

     總是玉關情　　총시옥관정

     何日平胡虜　　하일평호로

     良人罷遠征　　량인파원정

■

<자야사시가(子夜四時歌)>는 원래 장강(長江) 하류 지역 즉 오(吳) 지방의 민간 가요로 진(晉)나라 때 자야(子夜)라는 여자가 이 노래를 잘 불렀기 때문에 이렇게 명명되었다고 한다. 이 시는 당나라 시인 이백(李白, 701-762)이 이 민간 가요를 본떠서 지은 <자야사시가> 네 수 가운데 가을 노래로 <자야사시가·추가>라고도 하고 간단하게 <자야추가>라고도 한다.

옥문관(玉門關)은 한나라 무제가 세운 관문으로 원래 지금의 감숙성(甘肅省) 돈황시(敦煌市) 서북쪽에 있었는데 육조시대에 지금의 감숙성 안서현(安西縣) 동쪽으로 옮겼다. 이 시에서는 하나의 특정 관문을 가리키는 것이 아니라 머나먼 변방을 두루 가리킨다.

쌀쌀한 가을바람이 불어오기 시작하면 여인들은 월동 준비로 바빠지기 시작한다. 더구나 남편을 머나먼 변방의 전쟁터로 떠나보낸 젊은 여인이라면 사랑하는 사람이 추위에 떨까 봐 더욱 조바심이 날 수밖에 없다. 그녀들은 한시바삐 겨울옷을 지어 보내기 위해 밤 깊은 줄도 모르고 다듬이질을 한다. 그렇기 때문에 그녀들의 다듬이 소리는 결코 가을바람에 날아가 버리지 않는다. 아니, 가을바람이 세차면 세찰수록 옥문관에 있는 임을 향하는 그녀들의 사랑 즉 옥관정은 오히려 더 간절해질 것이다.

이라크 추가 파병 문제로 오랫동안 여론이 들끓고 있는 가운데 정부는 결국 추가 파병 방침을 확정했다. 파병찬성론자들은 국익을 중시하고 파병반대론자들은 대의명분과 위험한 근무 환경을 내세우지만 병사들의 신변 안전을 걱정하는 마음은 한가지일 것이다. 우리나라 기술자들이 이라크 저항군들에게 습격을 당하기도 하고 우리나라의 추가 파병에 항의하는 저들의 경고가 발동되기도 한 긴박한 상황에서, 그 위험한 이국 땅으로 이미 파견되어 복무 중이거나 추가로 파견될 수많은 우리의 젊은이들, 그들이 건강하고 안전하게 임무를 완수하고 무사히 귀국하기를 비는 마음은 비단 그들의 가족에게만 국한된 것이 아닐 것이다. 그것은 온 국민의 한결같은 옥관정일 것이다.

_ 2004. 1. 7.

12. 산행
山行

두목(杜牧)

돌길이 비탈진 가을 산을 오르자니
흰 구름 피는 곳에 인가가 있네.
수레를 세워 놓고 단풍 구경 하노라니
서리 맞은 단풍잎이 봄꽃보다 더 붉네.

遠上寒山石徑斜　　원상한산석경사
白雲生處有人家　　백운생처유인가
停車坐愛楓林晚　　정거좌애풍림만
霜葉紅於二月花　　상엽홍어이월화

단풍은 설악산이나 오대산 같은 높은 산에만 찾아오는 것이 아니다. 내가 매일 출근하는 관악산도 이제 거대한 색맹검사표로 변해 있고 심지어 차를 타고 지나다니는 서울 시내의 가로수도 커다란 염색공장의 건조장이 되어 있다. 천자만홍이라는 말로도 제대로 표현이 되지 않는 수없이 많은 색깔의 오묘하고 신비로운 조화에 연신 혀를 내두르지 않을 수 없다. 바야흐로 당나라 시인 두목(杜牧, 803–852)의 이 시가 생각나는 계절이 된 것이다.

호남성(湖南省) 장사(長沙)의 악록산(岳麓山) 기슭에 가면 애만정(愛晩亭)이라는 오래된 정자가 하나 있다. 청나라 건륭 57년(1792)에 창건되었다는 이 정자는 안휘성(安徽省) 저주(滁州)에 있는 취옹정(醉翁亭), 절강성(浙江省) 항주(杭州)에 있는 호심정(湖心亭), 북경시(北京市) 중남부에 있는 도연정(陶然亭)과 더불어 중국 4대 정자로 손꼽히는데 그 이름이 바로 이 시의 셋째 구절에서 나온 것이다. 이 시의 성가(聲價)를 가늠케 하는 일이다.

이 시는 중국인뿐만 아니라 우리나라 사람들 사이에도 꽤 널리 알려져 있는 모양이다. 지난 일요일 저녁에 고등학생들을 대상으로 진행하는 어느 텔레비전 방송의 퀴즈 프로그램에서 진행자가 "시성 두보는 <산행>이라는 시를 통해 '서리 맞은 이것 잎이 한창때 봄꽃보다 더욱 붉다'라고 표현하기도 했습니다"라고 소개한 후 '이것'이 무엇을 가리키는지 묻는 문제를 냈다. '단풍'이라고 쓰면 진행자가 "정답입니다!" 하고 외칠 문제였다. 진행자가 왜 두보의 시라고 했는지 모르지만 이 구절은 인구에 회자하는 두목의 시 <산행>의 마지막 구절이다. 두보(杜甫, 712-770)를 대두(大杜)라고 하고 두목을 소두(小杜)라고 할 정도로 두목 역시 당나라 때의 대표적 시인이지만, 두목은 '시성(詩聖)' 즉 시의 성인으로까지 추앙받는 두보의 큰 그늘에 가려 때로는 이렇게 빛을 잃기도 한다. 너무 잘난 조상 탓에 피해를 좀 보는 셈이다. 어쨌든 이렇게 유명한 시의 작자를 잘못 말한 것을 보면 이 프로그램 관계자 중에 중국 고전시가 전공자가 없음을 알 수 있는데 그것은 오히려 이 시의 인지도가 어느 정도인지를 역설하는 반증이 된다.

단풍잎은 아무래도 햇살을 듬뿍 받아야 더욱 곱게 보인다. 그래야 마치 일식을 관찰하기 위해 착색유리를 통해 해를 보는 것처럼 영롱하다. 이이(李珥) 선생이 여덟 살 때 지었다는 시 <화석정(花石亭)>에 "서리 맞은 단풍잎이 햇살 받아 빨갛다(霜楓向日紅)"라고 한 것을 보면 어린아이의 눈에도 그렇게 보였던 모양이다. 그리고 단풍의 갖가지 색깔 중에서 가장 곱고 그래서 가장 대표적인 색깔은 역시 붉은색이다. 그러기에 '붉을 단(丹)'자를 써서 단풍이라고 할 것이다. 중국에서는 '붉을 홍(紅)'자를 써서 홍풍이라고도 하니 이런 유추가 더욱 힘을 얻는다. 그러나 은행잎처럼 샛노란 단풍도 사람을 매혹하는 특별한 운치가 있다. 그것은 결코 붉은 단풍에 뒤지지 않는다. 적어도 내 눈에는 그렇다.

자동차 운전을 일종의 오락으로 생각하는 사람도 있는데 나는 운전을 별로 좋아하지 않는다. 특히 시야가 좁아지는 밤에 운전하는 것을 싫어한다. 그리고 낮이라고 할지라도 곧게 뻗은 고속도로를 단조롭게 질주하는 것 역시 너무 따분하게 느껴진다. 그런데 일전의 텔레비전 뉴스에서 강원도 홍천에 있는 어느 은행나무 숲의 단풍이 참 곱다고 하기에 큰마음 먹고 모처럼 장거리 운전을 한 번 감행했다.

이곳은 '비밀의 숲'으로 불릴 정도로 평소에는 일반인에게 개방하지 않는 사유지인데 10월 말까지만 특별히 일반인에게 개방한다고 하기도 하고, 텔레비전 화면을 보니 1,500그루 정도 된다는 은행나무들이 벌써 노랗게 물들어 있어서 더 늦추다가는 때를 놓칠 것 같은 초조감이 들기도 하는지라 서둘러 일정을 잡아 본 것이다. 그런데 네 시간이나 걸려서 찾아간 은행나무숲에는 이미 은행잎이 다 지고 남은 것이 얼마 안 되었다. 대부분의 나무가 잎을 다 떨어뜨린 채 나목으로 서 있고 계절 감각이 둔한 몇 그루만이 노란 잎을 조금 달고 있었다. 허탈했다.

그러나 순전한 허탕은 아니었다. 그곳의 은행잎은 도시에서 자주 보는 은행잎보다 색깔이 훨씬 더 노랗고 훨씬 더 맑았다. 매연을 토해 내는 자동차나 공장이 없는 심산유곡에서 오염되지 않은 맑은 물과 공기를 마시며 병들지 않고 때 묻지 않은 상태로 살아온 청정 은행이기 때문이리라. 아무튼 그것은 참으로 맑고 깨끗하여 반투명으로 보일 만큼 영롱했다. 그것을 보는 순간 문득 이 시의 마지막 구절을 한 번 고쳐 보고 싶은 생각이 들었다.

"샛노래진 은행잎이 국화보다 더 노랗네(銀杏葉黃勝菊花)."

_ 2014. 10. 31.

제4부

겨울 노래

1. 풍교에서 자노라니

楓橋夜泊

장계(張繼)

달 기울고 까마귀 울고 서리가 자욱한 밤
단풍나무와 어선의 불이 근심에 찬 나를 빤히 보
  는데
고소성 밖에 있는 한산사에서
한밤중의 종소리가 내 배까지 날아온다.

月落烏啼霜滿天　　월락오제상만천

江楓漁火對愁眠　　강풍어화대수면

姑蘇城外寒山寺　　고소성외한산사

夜半鐘聲到客船　　야반종성도객선

■

강소성(江蘇省) 남부에 있는 고도 소주(蘇州)에서는 해마다 연말연시가 되면 호텔을 잡기가 어려워지는 기이한 현상이 발생한다. 일본 관광객들이 웬만한 호텔의 객실을 다 차지하기 때문이다. 해외연구차 소주대학에 가 있던 1996년 연말에 나는 그곳에서 유학하는 한국인 학생들에게서 이 이야기를 듣고 마침 내 옆방에 묵고 있던 일본인 교수를 찾아갔다.

일본인들은 유명한 절을 찾아가 108번씩 치는 제야의 종소리를 들으면서 새해를 맞이하는 풍습이 있는데, 지구촌 시대를 맞아 요즘은 국내의 사찰을 찾아가는 데서 만족하지 않고 외국의 유명 사찰을 찾아가는 경향이 있다. 그런데 일본의 중학교 국어 교과서에 당나라 시인 장계(張繼, 750 전후)의 이 시가 수록되어 있기 때문에 거의 모든 일본인이 한산사라는 절에 대해서 특별히 친밀감을 가지고 있다. 그리고 여행사들이 이 사실을 이용하여 한산사에 가서 연말연시를 보내는 관광 상품을 개발해 놓고 있다. 이것이 그 일본인 교수가 내게 해 준 설명이었다.

그해 섣달 그믐날 밤에 나는 은은하게 들려올 한밤중의 종소리를 한번 느껴 보기 위하여 유학생 두 명과 함께 한산사로 갔다. 택시는 한산사에서 2킬로미터쯤 떨어진 교차로에 우리를 내려놓으며 더 이상 갈 수가 없다고 했다. 수많은 인파가 아수라장을 이루고 있는 가운데 경찰들이 길을 막고 늘어서서 출입을 통제하고 있었다. 그곳에 설치된 임시 매표소에 가서 한 장에 인민폐 140원인 입장권을 사 오라는 것이었다. 당시의 환율에 의하면 인민폐 140원은 한국돈 약 1만 4천 원이었으니 큰돈이라고 할 거야 없었다. 그러나 평소에는 4～5원밖에 안 되는 입장료를 수십 배나 올려서 받는다는 사실이 우리를 적이 불쾌하게 만들었다.

잠시 상의한 끝에 우리는 한산사까지 들어가는 것을 포기하고 차라리 부근에 있는 음식점에서 소흥주(紹興酒)의 힘을 빌려 은은하게 들려올 종소리에 한번 도취해 보기로 했다. 음식점 주인이 11시 40분에 첫 번째 종을 치기 시작하여 자정에 108번째 종을 치는데 그 집에서도 종소리가 잘 들린다고 했다. 그러나 11시 40분이 지나도 종소리가 들리지 않아 몇 번이나 바깥으로 나가서 귀를 기울여 보았지만 여전히 들리지 않았다. 절까지의 거리가 너무 먼 데다 주위가 너무 소란스러워서 안 들리는 것 같았다. 평생에 한 번 만나기도 힘든 절호의 기회였는데 결국 종소리는 듣지 못하고 하늘을 수놓는 폭죽만 구경하고 돌아왔다.

당나라 때 한산(寒山)과 습득(拾得)이라는 두 청년이

한 아가씨를 열렬히 사랑하다가 문득 깨달은 바가 있어서 서로 친구에게 아가씨를 양보하고 이 절로 들어가 승려가 되었다는 전설과, 송나라의 대문호 구양수(歐陽修)가 한밤중에 무슨 종을 치겠느냐며 이 시의 진실성을 문제 삼아 문단에 물의를 일으켰고, 그의 제자 소식(蘇軾)이 현장에서 몸소 확인해 본 뒤 다른 절과 달리 한산사에서는 실제로 한밤중에 종을 치더라고 증언함으로써 또 한 번 시인들의 화제가 되었다는 재미있는 일화가 이 시를 천고의 절창으로 만드는 데 적지 않은 공을 세웠을 것임에 틀림없다.

그러나 이 시의 진정한 가치는 초겨울 밤의 고즈넉한 강촌 풍경을 그림보다 더 아름답고 생동감 있게 그려 놓고, 거기에 자신의 아련한 객수를 녹여 넣음으로써 읽는 이의 가슴에 오래도록 가시지 않는 찡한 여운을 남기는 데에 있다고 하겠다.

_ 2004. 12. 10.

2. 노산의 산길을 가노라니
魯山山行

매요신(梅堯臣)

촌스러운 내 마음에 어울리려고
사방의 산들이 높아졌다 낮아진다.
멋들어진 봉우리는 곳곳에서 변신하고
그윽한 오솔길은 혼자 가다 길 잃겠다.
서리가 흠씬 내려 곰이 나무에 올라가고
수풀이 텅텅 비어 사슴이 물을 마신다.
어디쯤에 인가가 있는 것일까?
구름 너머서 꼬끼오 닭 소리가 들려온다.

適與野情愜　적여야정협

千山高復低　천산고부저

好峰隨處改　호봉수처개

幽徑獨行迷　유경독행미

霜落熊升樹　상락웅승수

林空鹿飮溪　림공록음계

人家在何許　인가재하허

雲外一聲鷄　운외일성계

온 산을 핏빛으로 물들이던 빨간 단풍잎도, 오상고절을 자랑하던 노란 국화꽃도 이제는 모두 자취를 감추고 새하얀 서리가 아침나절의 대지를 뒤덮는 초겨울이 되었다. 그러나 비록 단풍도 없고 꽃도 없을지라도 초겨울에는 초겨울의 운치가 있다. 서리가 하얗게 내린 초겨울날 실낱같이 가느다란 산길을 걸어 보라. 인적이 드문 곳이라 애당초 길이 제대로 나지도 않은 데다 서리까지 내려 대지를 뒤덮은 까닭에 길이 아예 보이지 않을 것이다. 그러나 이렇게 호젓한 산속을 홀로 다녀도 결코 외롭지는 않다. 과묵하게 생긴 곰이, 가지마다 서리를 맞아 백발을 뒤집어쓴 나무에 기어오르려고 육중한 몸을 뒤뚱거리고 있지 않은가! 그리고 겁먹은 표정을 한 사슴이, 밤새도록 참아서 마를 대로 마른 목을 축이려고 커다란 두 눈을 껌벅이며 개울물에 주둥이를 박고 있지 않은가! 곰이 나무에 오르고 사슴이 물을 마시는 일이야 1년 내내 있는 일일 것이다. 그러나 그 모습이 시야에 들어오는 것은 나뭇잎이 다 떨어진 겨울에나 가능한 일일 것이다. 빤히 보이는 곳에 있는 저들이 곧 친구일진대 호젓한 산속이라고 외로울 게 무엇이랴! 더구나 구름 너머 어딘가에서 정겨운 닭 울음소리까지 들려오지 않은가! 하남성(河南省) 허창시(許昌市) 서남쪽에 노산이라는 산이 있다. 북송 인종 강정 원년(1040), 서른아홉 살의 중년 시인 매요신(梅堯臣, 1002−1060)은 노산 부근에 있는 양성현(襄城縣)의 현령으로 근무하고 있었다. 그해 초겨울의 어느 날, 대자연을 무척이나 좋아하는 그는 노산으로 산행을 나갔다. 거기서 그는 비록 날씨가 쌀쌀하고 나뭇잎이 다 떨어져 을씨년스럽기는 하지만 잎이 없어 휑해진 나무둥치들 사이로 빤히 건너다보이는 산짐승들의 모습이 너무나 정겹게 느껴져서 자신도 모르게 시심이 발동했다. 이 시는 매요신이 이날 노산에서 보고 느낀 바를 노래한 것으로 초겨울 산행의 신선한 정취가 흠뻑 묻어나는 작품이다.

_ 2004. 11. 29.

3. 밤에 앉아 있노라니
夜坐有感

범성대(范成大)

고요한 밤 집집마다 문을 닫고 자는데
성안 가득 비바람이 찬 하늘에 몰아친다.
"점치세요!" 외치는 이 그 누구일까?
내일 아침 쌀 살 돈이 모자라는 모양이다.

静夜家家閉戶眠　　정야가가폐호면
滿城風雨驟寒天　　만성풍우취한천
號呼賣卜誰家子　　호호매복수가자
想欠明朝糴米錢　　상흠명조적미전

■

참지정사(參知政事)까지 지낸 남송 시인 범성대(范成大, 1126-1193)는 순희 10년(1183)에 고향 소주(蘇州)로 돌아가 석호(石湖) 부근에서 전원생활을 하고 있었다. 참지정사는 부재상(副宰相)에 해당되는 높은 관직이거니와 이처럼 높은 관직을 지낸 사람이었지만 그는 하층민의 생활상을 누구보다 잘 알고 있었다. 그러기에 그에게는 그들의 애환을 노래한 시가 상당히 많다.

찬바람이 몰아치는 어느 겨울밤, 날씨가 추운 데다 추적추적 비까지 내리는지라 거리에는 보통 때보다 일찍 행인들의 발길이 끊어졌다. 이런 날이면 으레 일찌감치 불을 끄고 잠을 자거나 가족들끼리 옹기종기 아랫목에 둘러앉아 저마다 따끈따끈한 이불 밑에 두 발을 넣고 군고구마를 까먹으며 이야기꽃을 피우리라. 범성대가 방 안에서 이런 생각을 하고 있는데 문득 "점치세요!" 하고 외치는 소리가 겨울바람을 타고 그의 방으로 들어왔다. 순간 그는 흠칫 놀랐다.

"이렇게 추운 밤에 아직도 집으로 돌아가지 못하고 저렇게 돌아다니는 사람이 있다니! 오늘 낮에 번 돈이 너무 적어서 내일 아침에 밥 지어 먹을 쌀을 사지 못하는 모양이구나. 얼마나 벌이가 신통찮았으면 이 추운 밤에 아직도 저러고 있는 것일까? 이 시간에는 점치는 사람도 없을 텐데."

범성대의 예상대로 아무도 점을 치려는 사람이 없는 듯 목소리는 잠시도 끊기지 않은 채 차츰 먼 곳으로 사라져 가고 있었다. 그것을 듣는 범성대의 머리에 밥도 제대로 먹지 못하고 추위에 떨며 겨울을 지내고 있을 수많은 빈민들의 모습이 떠올랐다. 통치계급의 일원인 그는 관직에서 물러나 있는 동안에도 이렇게 계기가 있을 때마다 백성들을 걱정하느라 늘 마음이 무거웠다.

요즘도 겨울밤이면 "찹쌀떡!" 하는 소리가 도시의 아파트 사이를 지나다니는 경우가 있다. 이 소리를 듣고 참 낭만적인 소리라고, 삭막한 도시생활에 저런 소리가 있어서 그나마 일말의 운치가 있으니 얼마나 다행스러운 일이냐고 생각하는 사람이 있을 것이다. 그러나 이것은 남의 불행을 자신의 낭만으로 삼는 몰염치한 짓이다. 그들은 아마 연탄불조차 제대로 피우지 못하는 단칸 셋방에서 하루 벌어서 겨우 하루를 사는 하루살이 인생을 살고 있을 것이다. 따뜻한 가슴으로 그들의 삶을 이해하는 것이 필요하다.

그런데 강남지역의 아파트를 사고팔아서 몇 달 만에 몇 억 원을 벌어들이는 사람들이 이런 사람들의 심정을 얼마나 아는지 모르겠다. 아니 투기로 떼돈 버는 그 사람들이 문제가 아니다. 부동산 가격의 안정화를 위해 고심하여 대책을 세우고 그것을 집행하는 정부의 고관님들이, 평생을 벌어도 저들이 몇 달 만에 번 돈을 벌지 못하는 서민들의 심정을 얼마나 알고 계시는지 그것이 더 궁금하다. 이 시대의 범성대는 어디 있을까?

_ 2006. 12. 7.

4. 한잔함이 어떠뇨?
問劉十九

백거이(白居易)

초록 개미 꼬물대는 갓 익은 탁주
벌겋게 달아오른 빨간 질화로
눈이라도 내릴 듯 찌뿌드드한 이 저녁에
그대여 이리 와서 한잔함이 어떠뇨?

綠蟻新醅酒　록의신배주
紅泥小火爐　홍니소화로
晚來天欲雪　만래천욕설
能飲一杯無　능음일배무

■

옛날에는 각 가정에서 직접 술을 담가 먹었다. 약간 되직한 밥 즉 고두밥과 누룩을 잘 섞어서 커다란 독에 넣고 적당량의 물을 부은 다음 뚜껑을 닫아 따뜻한 아랫목에 놓아두면 며칠 뒤에 독에서 보글보글 소리가 난다. 이때 뚜껑을 열어 보면 흰색 같기도 하고 녹색 같기도 한 작고 둥근 물체가 표면을 뒤덮은 채 꼬물거리고 있다. 허리가 잘록잘록한 것이 영락없는 개미떼다. 그것은 바로 밥이 술로, 즉 탄수화물이 알코올로 바뀌는 과정에서 생기는 거품이다. "술이 벌써 다 익었구나" 하고 생각하는 순간 물씬 풍기는 향기로 자기도 모르게 코가 벌름거리고 입에 침이 고인다.

비나 눈이 올 것처럼 찌뿌드드한 하늘을 보면 왠지 모르게 한잔하고 싶은 마음이 간절해진다. 그리하여 여기저기 전화를 걸어 친구들을 불러낸다. 혼자 집을 지키고 있던 사람이라면 더욱이나 입이 궁금해진다. 이런 심정은 동서가 다르지 않을 것이고 고금의 차이가 없을 것이다. 당나라의 풍류 시인 백거이(白居易, 772-846)도 예외가 아니었을 것임은 말할 필요조차 없다.

어느 겨울날 백거이는 집을 지키고 있었다. 하늘은 당장 함박눈이라도 퍼부을 듯 잔뜩 흐려져 있었고, 날이 많이 추워진 듯 바깥에 있는 사람들이 어깨를 한껏 움츠린 채

종종걸음 치고 있었다. 그러나 자기 방은 따뜻하기만 하여 이마에서 삐질삐질 땀이 다 났다. 마침 아랫목에 놓아둔 술독에서 보글보글하는 소리가 들렸다. 뚜껑을 열어 보니 표면에 파르스름한 개미가 떼를 지어 기어 다니고 있었다. 그리고 향기가 모락모락 코끝을 간질이는 바람에 재채기가 날 지경이었다. 참을성이 한계에 달한 풍류 시인은 어떻게 하면 갓 익은 그 술을 맛있게 마실 수 있을까를 궁리했다. 그는 이내 붓을 들었다. 멀지 않은 곳에 살고 있는 친구 유십구(劉十九)가 생각났기 때문이다.

하인이 그 시를 들고 유씨에게 갔을 것이고 초대장을 받아든 유씨의 입가에 당장 환한 미소가 번졌을 것이다. 그러지 않아도 한잔하고 싶은 생각이 간절하던 터에 이렇게 낭만이 넘치는 초대장을 받았으니 사양할 이유가 없었을 것이다. 이것은 말하자면 시로 쓴 초대장이었던 셈이다.

술 한잔이 생각날 때 요즘 사람들은 누구나 전화로 친구를 불러낸다. 전화로 부름을 받을지라도 마음 편한 친구와 술잔을 주고받으며 부담 없는 이야기를 나누는 즐거움은 마찬가지일 것이다. 그러나 이렇게 멋진 시로 부름을 받는다면 술에 취하기 전에 먼저 시에 흠뻑 취하게되어 즐거움이 배가될 것임에 틀림없다. 다만 안타깝게도 누구나 다 금방 시를 지을 수 있는 것은 아니니 이 시를 외워 두었다가 친구에게 전화할 때 살짝 읊어 주면 어떨까?

_ 2006. 11. 9.

5. 밤 눈
夜雪

백거이(白居易)

이부자리 썰렁하여 의아하게 여겼더니
이 밤중에 창문마저 훤하게 밝네.
비록 밤이 깊었어도 눈 쌓인 줄 알겠나니
이따금씩 뚜욱뚝 대나무가 부러지네.

已訝衾枕冷　이아금침랭
復見窓戶明　부견창호명
夜深知雪重　야심지설중
時聞折竹聲　시문절죽성

꿈속을 헤매던 시인은 문득 느껴지는 한기에 잠을 깬다. 잠결이라 눈도 제대로 뜨지 못한 채 손으로 더듬어 가며 가늠해 보니 이불도 차갑고 베개도 싸늘하다.

"바깥 기온이 많이 내려간 모양이다. 어제 저녁만 해도 포근했는데 갑자기 무슨 일일까?"

잠이 조금씩 깨면서 눈이 살짝 뜨였다. 그 순간 그의 눈에 훤하게 밝은 창문이 들어왔다.

"어? 달도 없는 밤에 창문이 왜 훤하지?"

시인은 이내 눈이 왔다는 사실을 직감한다. 눈이 얼마나 왔는지, 아직도 오고 있는지 이제는 그쳤는지 심히 궁금하다.

시인은 창문을 열어서 바깥을 보았을까 안 보았을까? 틀림없이 보았을 것이다. "비록 밤이 깊었어도(夜深)"라는 말이 그것을 말해 준다. 밤이 깊었다는 것은 어둡다는 뜻이다. 궁금증을 못 견딘 시인이 창문을 열고 바깥을 내다보자 주위가 뻔하기는 하지만 아무것도 안 보인다. 주위가 뻔한 것으로 보아 눈이 내린 것임에 틀림없지만 쌓인 눈이 얼마나 되는지는 알 수가 없다. 깊은 밤중인데다 달도 없는 날이기 때문이다.

그때 갑자기 '뚝!' 하는 소리가 들린다. 대나무 부러지는 소리다. 대나무가 왜 부러졌는지는 짐작할 수 있다. 그러나 대나무가 부러지는 데는 여러 가지 원인이 있을 것이므로 함부로 눈 때문이라고 단정할 수는 없다. 그때 또 '뚝!' 하는 소리가 들린다. 간간이 그리고 대밭 여기저기서 지속적으로 들린다. 대나무에 눈이 많이 쌓였음에 의심의 여지가 없다.

이것은 당나라의 대시인 백거이(白居易, 772-846)의 시다. 이 시에서 시인은 먼저 촉각을 통하여 눈이 왔을 것이라는 단서를 포착했다. 그러나 그것만으로는 눈이 온 것이라고 단정할 수 없었다. 시인에게 발견된 두 번째 단서는 시각적인 것이었다. 밤중에 창문이 훤해지는 경우는 달이 비치거나 눈이 내리는 경우 이외에 다른 경우는 없을 것이다. 그런데 그날은 달도 없는 날이었으니 눈이 내렸음이 거의 확실했다. 그의 추측을 최종적으로 확인해 준 것은 그의 청각이었다. 이따금 들리는 대나무 부러지는 소리는 눈이 많이 쌓였음을 확증해 주었다.

이 시는 촉각·시각·청각을 통한 심야 강설(降雪) 사실의 인지 과정을 재미있게 묘사한 시다. 이러한 경험은 누구에게나 다 있겠지만 그것을 이처럼 평이한 언어로 적실하게 그려 내는 것은 아무나 할 수 있는 일이 아니다.

_ 2009. 12. 27.

6. 눈을 낚는 노인

江雪

유종원(柳宗元)

산이란 산 어디에도 새 한 마리 날지 않고
길이란 길 어디에도 사람 자취 없는데
저기 저 삿갓 쓰고 도롱이 걸친 노인은
차가운 강에 배 띄우고 혼자 눈을 낚고 있네.

千山鳥飛絶　천산조비절
萬徑人蹤滅　만경인종멸
孤舟蓑笠翁　고주사립옹
獨釣寒江雪　독조한강설

■

함박눈이 내린다. 온 천지가 하얗다. 잘난 것도 못난 것도, 둥근 것도 모난 것도, 깨끗한 것도 더러운 것도 구별이 없다. 일체의 삼라만상이 하나같이 새하얀 순백의 세계다. 사방을 에워싼 산에는 나무도 없고 풀도 없다. 들도 강도 예외가 아니다. 산기슭에 나 있던 길도 지금은 더 이상 길이 아니다.

산에서 강으로 강에서 산으로 들락날락 분주히 날아다니던 온갖 새들도 따뜻한 둥지에 조용히 엎드려서 하늘이 내려 준 귀한 휴가를 즐기며 가족애를 확인한다. 이런 날에는 나가 봐야 아무런 소득도 없다는 사실을 새들은 잘 알고 있는 것이다. 새들은 공연히 밖에 나가 돌아다니다가 불의의 변고를 당할 만큼 어리석지 않다.

사람은 말할 것도 없다. 이렇듯 추운 날 눈길을 헤맨다고 얻어지는 것이 무엇이랴! 따뜻한 방 안에 가만히 앉아서 화롯불에 고구마라도 구워 먹으며 느긋하게 지내는 편이 훨씬 낫다. 그러니 이미 눈에 묻혀 분간도 잘 안되는 길에 사람의 발자취가 있을 리 없다.

이것은 다름 아닌 한 폭의 아름다운 설경산수화(雪景山水畫)다. 그런데 가만히 들여다보니 이토록 아름다운 산수화 속에 한 노인이 들어가서 낚시질을 하고 있다. 노인은 왜 이 함박눈 속에서 조각배를 타고 낚시를 하는 것일까? 새들도 날지 않는 이 추운 날에 고기인들 어찌 강바닥에서 가만히 쉬고 있지 않겠는가? 고기가 낚일 리 없다. 노인이 그것을 모를 리는 더욱 없다. 그런데도 불구하고 노인은 왜 낚시질을 그만두지 않는 것일까? 도롱이에 삿갓까지 쓰고 말이다. 어쩌면 그는 고기를 낚고 있는 것이 아닐지도 모른다. 그는, 그 옛날 강태공이 위수(渭水)의 지류인 반계(磻溪)에서 곧은 바늘을 드리우고 낚시질을 하면서 자신을 알아보는 성인(聖人)이 출현하기를 기다린 바로 그런 마음으로, 성인이 나타나 태평성대를 이룩해 줄 것을 꿈꾸며 세월을 낚고 있는 중일지도 모른다.

이것은 중당(中唐) 시인 유종원(柳宗元, 773-819)의 시다. 경세제민의 포부가 남달리 컸던 그는 유우석(劉禹錫) 등과 함께 왕숙문(王叔文)이 이끄는 정치개혁에 가담했다가 실패하는 바람에 호남성(湖南省) 남부의 아열대 오지인 영주(永州)로 유배되었다. 서른세 살의 혈기 방장한 청년이던 영정 원년(805)이었다. 거기서 10년 동안 유배 생활을 하면서 그는 그곳의 아름다운 산수자연을 벗 삼아 울분을 삭이며 태평성대의 도래를 꿈꾸고 있었다.

이 시는 바로 이 시기에 지은 것이니, 눈을 맞으며 낚싯대를 드리우고 있는 노인에게서 강태공의 모습을 발견

했을 것임에 틀림없고 그 노인의 모습을 다시 자신의 모
습으로 살짝 치환해 보았을 것임에 틀림없다. 말하자면
그 노인의 형상은 바로 유종원의 자화상이었던 것이다.

_ 2005. 1. 10.

7. 기러기 인생
和子由澠池懷舊

소식(蘇軾)

정처 없는 우리 인생 무엇 같을까?
눈밭에서 배회하는 저 기러기 같으리.
어쩌다가 잠시 내려와 발자국을 남기지만
기러기가 날아가면 행방을 어찌 알리?
노승은 이미 죽어 사리탑이 새로 서고
절의 벽은 허물어져 글씨가 간 데 없네.
힘들었던 지난날을 아직 기억하는가?
먼 길에 사람은 지치고 나귀도 절며 울어댔지.

人生到處知何似　인생 도처 지 하 사
應似飛鴻踏雪泥　응 사 비 홍 답 설 니
泥上偶然留指爪　니 상 우 연 류 지 조
鴻飛那復計東西　홍 비 나 부 계 동 서
老僧已死成新塔　로 승 이 사 성 신 탑
壞壁無由見舊題　괴 벽 무 유 견 구 제
往日崎嶇還記否　왕 일 기 구 환 기 부
路長人困蹇驢嘶　로 장 인 곤 건 려 시

이것은 본명보다 동파(東坡)라는 호로 더 잘 알려져 있는 소식(蘇軾, 1036-1101)의 시다. 북송 인종 가우 원년(1056) 소식은 과거시험을 보기 위해 동생 소철(蘇轍)과 함께 아버지를 따라 당시 송나라의 서울 개봉(開封)으로 들어갔다. 그들 삼부자는 긴 여정에 지쳐서 도중에 죽어 버린 말 대신에 임시변통으로 급히 구한 나귀를 타고 계속하여 길을 재촉하다가 하남성(河南省) 면지(澠池)에 있는 한 절에서 하룻밤을 묵었다.

그로부터 5년 뒤 소식은 봉상부(鳳翔府, 지금의 섬서성 陝西省 봉상)의 첨판(簽判)으로 부임하기 위해 또 면지를 지나가게 되었다. 옛날 생각에 젖어 다시 그 절을 찾았더니 자기 부자를 환대해 주던 예전의 스님은 이미 입적하여 이 세상에 안 계시고 자신들이 절의 벽에 써 놓았던 시도 뭉개지고 마모되어 글씨를 알아보기 어렵게 되어 있었다. 순간 인생이 너무 덧없다는 생각이 번쩍 들었다. 마침 추운 겨울이라 절 주위에 하얗게 눈이 내려 있었고 그 위에 기러기가 먹이를 찾아 끄덕끄덕 걸어 다니고 있었다. 그 광경을 보면서 소식은 한 가지 인생의 철리(哲理)를 터득했다.

배가 고파서 잠시 내려와 저렇게 걸어 다니지만 저 기러기는 금방 다른 곳으로 날아가 버릴 것이다. 그리고 저

눈도 이내 녹아 기러기 발자국이 없어져 버릴 것이다. 그렇게 되면 사람들은 기러기가 어디로 날아갔는지 모르는 것은 말할 것도 없고 조금만 더 시간이 지나면 기러기가 여기에 내려왔었다는 사실조차도 까맣게 잊어버릴 것이다. 우리네 인생인들 잠시 내려왔다가 금방 날아가 버리는 저 기러기와 다를 것이 무엇이랴!

소식은 스물여섯 살밖에 안 된 젊은 시절에 벌써 인생무상을 이토록 철저하게 깨달았다. 그리고 이 깨달음은 바로 그로 하여금 세속적인 욕심으로부터 자유로울 수 있게 하는 원동력이 되었다.

_ 2004. 1. 25.

8. 수홍교를 지나며
過垂虹

강기(姜夔)

내가 지은 새 가사가 더없이 멋들어져
소홍이는 노래하고 이 몸은 퉁소 분다.
노래를 다 부르자 송릉 길이 끝나고
돌아보니 다리 열넷이 안개 속에 아련하다.

自作新詞韻最嬌　자작신사운최교
小紅低唱我吹簫　소홍저창아취소
曲終過盡松陵路　곡종과진송릉로
回首煙波十四橋　회수연파십사교

남송 소희 2년(1191) 늦겨울에 강기(姜夔, 1155-1221)
는 석호(石湖)로 놀러 갔다. 석호는 소주(蘇州) 서남쪽
에 있는 작은 호수로 당시 남송 시인 범성대(范成大)가
은거하고 있던 곳이다. 마침 매화가 청아하게 피어서 두
사람의 시심을 자극했다. 범성대가 강기에게 매화를 읊
은 사(詞)를 한 수 지어 보라고 청했다. 송나라의 대표
적인 문학양식인 사는 기존의 곡조에 맞추어 써넣는 가
사인데 강기는 음악에도 능통했기 때문에 스스로 <암향
(暗香)>과 <소영(疏影)>이라는 제목의 기다란 곡조
두 편을 작곡한 뒤 가사를 썼다.

범성대는 그것이 너무나 마음에 들어 자기 집 기녀 소홍
(小紅)이에게 불러 보라고 했다. 소홍이는 이 두 곡조를
구성지게 불렀고 강기는 자신이 작사·작곡하고 소홍이
가 부른 그 노래가 참으로 마음에 들었다. 강기가 소홍
이를 그토록 좋아하는 모습을 보고 범성대는 그녀를 그
에게 주었다. 며칠 뒤인 섣달 그믐날 강기는 소홍이를
데리고 호주(湖州)에 있는 자기 집으로 돌아갔다.

석호에서 호주로 가는 길에 수홍교라는 다리가 있었다.
북송 경력 8년(1048)에 지어진 이 다리는 강남에서 가
장 긴 다리로 원나라 때는 원래의 목조 다리를 헐고 그
자리에 다시 석조 다리를 지었는데 그 길이가 약 500미

터나 되었다고 한다. 반달처럼 둥근 모양이 마치 무지개가 뜬 것 같기 때문에 수홍교라고 불리게 된 이 다리는 유명 시인이 지은 시와 유명 화가가 그린 그림이 100편이 넘을 정도로 널리 알려져 있다. 그러나 1967년 5월에 안타깝게도 다리가 그만 붕괴해 버렸기 때문에 지금은 양쪽 끝에 조금씩 남아 있는 잔재를 통하여 옛날 모습을 가늠해 볼 수 있을 뿐이다. 그래도 그 부근이 수홍교유지공원(垂虹橋遺址公園)으로 조성되어 있어서 접근하기가 어렵지는 않으니 그나마 다행이다.

강기는 소홍이를 얻은 기쁨을 참을 수가 없어서 집으로 가는 배 안에서도 소홍이에게 자신의 신곡을 부르게 하고 자신은 옆에서 퉁소를 불어 반주를 넣었다. 참으로 신바람이 났다. 마음이 경쾌해서 그런지 배가 한결 빠른 것 같았다. 노래를 다 부르고 나서 뒤를 한번 돌아보았더니 벌써 송릉(松陵, 지금의 강소성江蘇省 오현吳縣)이다 지나가고 거미줄처럼 얽혀 있는 작은 물길과 그 위에 놓여 있는 수없이 많은 소형 다리들이 아련하게 안개에 묻혀 있었다. 그야말로 그림처럼 아름다운 수향 풍경이었다. 자신도 모르는 사이에 그의 입에서 시가 한 수 나왔다.

이렇게 하여 지어진 이 시는 <암향> 및 <소영>이라는 두 수의 사와 함께 시인 강기의 위상을 드높여 주었음은

물론 수홍교라는 다리를 전국적인 명소로 만드는 데에
도 크게 기여했다. 별로 한 일도 없이 또 한 해가 지나간
다는 아쉬움 때문에 제야를 배경으로 하는 시가 대부분
우울한 분위기를 지니고 있는 것과 달리 이 시는 매우
명랑하고 경쾌한 정조를 띠고 있어서 이채롭다.

_ 2007. 1. 8.

제5부

철 없는 노래

1. 오희가

五噫歌

양홍(梁鴻)

저 높은 북망산에 올라서, 아아!
임금 계시는 서울 땅을 둘러보니, 아아!
궁실은 저리도 으리으리하건만, 아아!
백성들의 고생은, 아아!
끝날 날이 없구나, 아아!

陟彼北邙兮噫　　척 피 북 망 혜 희

顧覽帝京兮噫　　고 람 제 경 혜 희

宮室崔巍兮噫　　궁 실 최 외 혜 희

人之劬勞兮噫　　인 지 구 로 혜 희

遼遼未央兮噫　　료 료 미 앙 혜 희

후한(後漢) 때의 학자 양홍(梁鴻, AD 80 전후)은 학식이 매우 뛰어났지만 벼슬길에 나아가 부귀공명을 추구하려 하지 않고 장안(長安, 지금의 섬서성陝西省 서안西安) 부근의 패릉산(霸陵山)에 은거하며 청빈하게 살았다. 어느 날 그는 볼일이 있어서 당시의 도성인 낙양(洛陽)을 지나가다가 새로 지은 화려한 궁전이 즐비하게 늘어서 있는 모습을 보고 깜짝 놀랐다. 백성들의 생활상과 너무나 대조적이기 때문이었다.

후한은 광무제(光武帝) 때부터 시작하여 황실과 조정의 절약과 검소를 표방하며 절대로 호화롭고 사치스러운 생활을 하지 않을 것을 약속하고 백성들에게도 그렇게 해 줄 것을 요구했다. 그리고 수시로 조정의 관리를 지방으로 파견하여 민생에 관심을 보이는 척 정치 쇼를 하기도 했다. 그런데 양홍이 오랜만에 와 본 낙양에는 으리으리한 새 궁전이 여기저기에 늘어서 있었다. 위정자들은 그동안 도탄에 빠져 있는 민생을 외면한 채 백성들과의 약속을 팽개치고 자신들만 고대광실에서 호의호식하고 있었던 것이다.

그는 낙양 근교에 있는 북망산에 올라가서 '아아!' 하고 탄식하는 감탄사 '희(噫)'를 다섯 번이나 사용했기 때문에 <오희가>라고 불리는 이 시를 지어서 일도양단의

명쾌한 어조로 말 다르고 행동 다른 위정자들의 행태를 비판했다. 몰래 나쁜 짓을 하다가 들킨 기분이 된 당시의 황제 장제(章帝)는 이 시를 보자마자 즉시 양홍을 체포하라는 어명을 내렸다. 양홍은 이로 인하여 성을 갈고 이름을 바꾼 채 여기저기로 도망 다니지 않으면 안 되는 고달픈 신세가 되었지만 그래도 그는 자신의 <오희가>가 부도덕하기 짝이 없는 당시의 위정자들에게 따끔한 한 대의 정문일침이 되어 그들에게 다소나마 경각심을 일깨워 줄 수 있을 것으로 기대하며 일신의 고통을 감수했다.

작금의 우리 정치 현실이 2천 년 전에 불렀던 한 중국 지식인의 <오희가>를 생각케 한다. 오늘날 이 땅의 정치 수준이 어찌하여 2천 년 전 중국의 그것과 비슷한 것일까?

_ 2004. 4. 10.

2. 오강
烏江

이청조(李淸照)

살았을 땐 당연히 인걸이었을 테고
죽어서도 귀신 중의 영웅이로다.
지금에 이르도록 항우가 그립나니
강동으로 건너가 살려 하지 않았도다.

生當作人傑　생당작인걸
死亦爲鬼雄　사역위귀웅
至今思項羽　지금사항우
不肯過江東　불긍과강동

■

"죄는 미워할지언정 그 사람은 미워하지 말라"는 말이 있지만 말이 쉽지 그렇게 하는 것이 어디 쉬운 일인가? 오히려 말대로 되지 않는 것이 인지상정일 것이다.

한국방송에서 매주 일요일 오전에 방송하는 <TV쇼 진품명품>에서는 오래된 글씨·그림·도자기·공예품 등의 예술 작품이나 고문서를, 전문 감정위원의 해설과 감정을 곁들여 가며 재미있게 소개하는데, 이번 주에 소개된 것 가운데 윤용구(尹用求) 선생이 쓴 서예 작품과 이완용이 선물로 받았다가 나중에 다른 사람의 손에 들어간 서화 작품이 있었다.

글씨 전문 감정위원의 말에 의하면 윤용구 선생은 구한말에 판서까지 지낸 고위 관료였지만 한일합방 후 남작(男爵)이라는 작위를 주겠다며 회유하는데도 이를 거부하고 서울 교외의 장위산으로 들어가 은거했다고 한다. 이러한 그분의 인품을 존경하여 많은 사람들이 그분에게 자기 선조의 묘비명을 써 달라고 부탁했기 때문에 그분의 작품이 매우 많이 남아 있는데도 불구하고 높은 평가를 받는다고 한다. 반면에 이완용이 선물로 받은 서화 작품에 대한 평가에서 그림을 감정하는 다른 감정위원은 그 작품에 이완용이라는 이름이 없다면 감정가가 지금보다 훨씬 높아질 것이라고 한다. 그리고 만약 이완용이 아니라 안중근 의사가 받은 선물이었다면 감정가가 훨씬 더 높아질 것이라고 한다.

이런 이야기를 듣노라니 문득 이 시가 떠오른다. 진(秦)나라 말 농민 봉기군의 영수로 진나라가 망한 뒤 스스로 서초패왕(西楚霸王)이 된 항우(項羽, BC 232-202)는 나중에 유방(劉邦, BC 247-195)과 천하를 다투다가 해하(垓下, 지금의 안휘성安徽省 영벽현靈璧縣 남쪽)에서 한나라 군사에게 포위되어 이른바 사면초가(四面楚歌)의 궁지에 빠졌으나 마침내 포위망을 뚫고 도망쳤다. 그가 오강(烏江, 지금의 안휘성 화현和縣)에 이르렀을 때 오강 일대의 치안과 민생을 담당하던 오강정장(烏江亭長)이 그에게 얼른 배를 내주며 말했다.

"강동은 비록 좁지만 땅이 사방으로 천 리에 달하고 그곳에 사는 민중이 수십만 명이라 왕 노릇하기에 충분할 것입니다. 대왕께서는 얼른 강을 건너십시오. 지금은 저에게만 배가 있기 때문에 한나라 군사가 뒤따라와도 강을 건널 수가 없을 것입니다."

그러자 항우는 웃으면서 다음과 같이 말하고는 마침내 칼을 뽑아 자신의 목을 찔렀다.

"내가 옛날에 강동의 자제들과 함께 강을 건너 서쪽으로 갔다가 이제 나 혼자 살아서 돌아왔으니 비록 강동의 어르신들이 가련하게 여긴 나머지 나를 왕으로 삼는다고 한들 내가 무슨 면목으로 그분들을 뵙겠소?"

북송 흠종 정강 원년(1126)에 송나라의 수도 개봉(開封)은 금(金)나라의 무자비한 침공을 받았다. 결과적으로 송나라의 휘종·흠종 두 황제와 황후·태자·친왕·비빈(妃嬪)·대신 등 3천여 명이 금나라로 끌려가고 황실의 의복·예기(禮器)·장서(藏書)와 창고에 있는 재물도 모조리 약탈당했다. 휘종과 흠종은 금나라의 상경(上京, 지금의 길림성吉林省 아성阿城 남쪽)에서 각각 혼덕공(昏德公)과 중혼후(重昏侯)라는 치욕스러운 작위에 봉해지고 다른 왕족과 대신들은 모두 노비가 되었다. 일찍이 없었던 이 치욕스러운 사건을 중국 역사에서는 정강의 변(靖康之變)이라고 한다.

정강의 변으로 인하여 북송은 나라를 세운 지 160여 년 만인 정강 2년(1127)에 멸망하고 말았다. 그 뒤 휘종의 아홉 번째 아들이요 흠종의 동생인 조구(趙構, 1107-1187)가 구사일생으로 도망하여 항주(杭州)에서 남송을 세우고 황제로 즉위하여 고종이 되었다. 남송 조정은 처음 얼마 동안 중원 수복의 투지를 불태웠으나 얼마 지나지 않아 중원 수복의 꿈을 접고 현실에 안주하며 무사안일을 일삼았다.

이 시는 북송 시절에 고향인 산동(山東) 지방에서 평화롭게 살다가 금나라가 침략해 왔을 때 절강(浙江) 지방으로 피난 가서 힘들게 지내던 중국 최고의 여류시인 이청조(李淸照, 1084-1145)가 이러한 남송 군신의 비열한 작태를 보고 그 옛날의 항우를 떠올리며 분통을 터뜨린 것이다. 이 시를 보면 이청조는 항우가 정의롭게 살다가 당당하게 죽은 멋진 사람이기 때문에 살아서 인걸이었음은 물론 죽은 뒤에도 영웅으로 남아 있다고 생각했음을 알 수 있다.

이런 생각을 한 사람이 어디 이청조 한 사람뿐이었으랴! 당시의 중국인이라면 누구나 다 그런 생각을 했을 것이다. 아니, 고금을 막론하고 모든 중국인이 다 그런 생각을 가지고 있을 것이다. 비록 사면초가의 상황에 빠져 유방에게 패배했지만 항우는 수많은 부하 병사를 죽게 하고 혼자만 살 수는 없다는 생각으로 자신도 장렬하게 죽음으로써 청사에 길이 영웅으로 살아 있는 것이다.

생전의 삶은 기껏해야 100년이지만 사후의 삶은 끝이 없다. 생전의 삶을 잘 살아야 영원히 계속되는 사후의 삶이 영예로울 것이다. 남달리 잘 살다가 잘 죽는 것이 쉬울 리 없으니 죽은 지 1,300년이 지난 뒤에도 시인에게 귀신 중의 영웅이라는 칭송을 듣는 것은 기대하기 어려우리라. 그러나 적어도 남의 귀중한 서화 작품에 누를 끼치지는 않아야 하리라.

_ 2013. 4. 28.

3. 세금 독촉의 노래
催租行

범성대(范成大)

세금 내고 영수증도 받아 놨는데
어정어정 이장이 또 와서 대문을 두들기더니
영수증을 보고는 희비가 엇갈리며
"술이나 한잔 할까 하고 온 걸세" 하네.
침대맡에 놓여 있는 주먹만 한 저금통
깨어 보니 돈이 꼭 삼백 전이 들어 있네.
"어르신 모시고 한잔하기엔 돈이 너무 적으니
짚신이나 한 켤레 사세요" 하네.

輸租得鈔官更催　수조득초관갱최
踉蹡里正敲門來　량장리정고문래
手持文書雜嗔喜　수지문서잡진희
我亦來營醉歸耳　아역래영취귀이
牀頭慳囊大如拳　상두간낭대여권
撲破正有三百錢　박파정유삼백전
不堪與君成一醉　불감여군성일취
聊復償君草鞋費　료부상군초혜비

■

예나 지금이나 농민들은 영일이 없다. 여름에 보리를 거두고 나면 그 자리에 바로 모내기를 해야 하고, 가을에 벼를 수확하고 나면 그 자리에 바로 보리를 파종해야 한다. 그들에게는 일요일이나 공휴일이라는 것이 아예 없다. 날이면 날마다 해 뜨기 전에 나가서 어두워져야 돌아온다. 그러나 몸이 힘든 것은 얼마든지 견딜 수 있다. 문제는 지나친 세금과 가혹한 농정이다. 죽을힘을 다하여 농사를 지어 봤자 그 가운데 대부분을 세금으로 내야 하기 때문에 막상 자기들 몫으로 남는 것은 거의 없다. 공자(孔子, BC 551-479)가 일찍이 태산을 지나가다가 호랑이에게 시아버지와 남편과 아들을 모두 잃은 한 여인을 만났는데 그럼에도 불구하고 계속하여 산속에 살겠다고 하는 그녀의 말을 듣고 "가혹한 정치가 호랑이보다 무섭구나(苛政猛於虎)"라고 한 적이 있다는 사실을 상기해 보면 이렇듯 가혹한 세정(稅政)이 2,500년 전의 춘추시대에도 있었음을 알 수 있다.

또한 유종원(柳宗元, 773-819)이 호남성(湖南省) 영주(永州)에서 본 한 땅꾼이 할아버지와 아버지가 독사에 물려 죽고 자신도 몇 번이나 물려 죽을 뻔했음에도 불구하고, 세상으로 나가 살기를 싫어했다는 것을 보면 당나라 때도 이런 일이 있었음을 알 수 있다.

송나라 때에도 상황은 별로 달라지지 않아서 가난한 사람들은 세금 낼 돈을 마련하기 위해 소를 팔고 땅을 팔고 집을 팔아야 했음은 물론 아내와 딸까지 팔아야 했다. 그로부터 다시 천 년이 지난 오늘날도 농민들의 삶은 여전히 고달프다. 그들은 홍수에 울고 태풍에 울고 쌀 수입 개방으로 목숨을 버린다. 무엇 때문에 이렇듯 불평등한 상황이 수천 년이 지나도록 끊임없이 지속되는 것인지 참으로 답답한 노릇이다.

전원시도 즐겨 짓고 사회시도 즐겨 지은 남송 시인 범성대(范成大, 1126-1193)는 전원을 노래했으되 전원의 평화롭고 아름다운 모습만 그리지 않고 그 속에서 살아가는 농민들의 고통과 비애까지 서슴없이 그려 냈다.

이 시에서도 그는 이미 세금을 다 냈는데도 불구하고 실수로 다시 세금을 받으러 간 이장의 감정을 건드리지 않기 위해 저금통을 깨어서 자기가 가진 돈을 있는 대로 다 주면서도 오히려 미안해하는 한 농민의 모습을 통하여 당시 농촌사회의 문제점을 적나라하게 파헤쳤다.

_ 2006. 1. 6.

4. 강 위의 고기잡이
江上漁者

범중엄(范仲淹)

강 위를 오고가는 사람들이여!
맛있는 농어나 즐기는 이들이여!
어디 한번 보시구려 나뭇잎 같은 배가
풍파 속에 몇 번이고 출몰하는 모습을!

江上往來人　강상왕래인

但愛鱸魚美　단애로어미

君看一葉舟　군간일엽주

出沒風波裏　출몰풍파리

중국의 강소성(江蘇省)과 절강성(浙江省) 사이에 태호(太湖)라는 큰 호수가 있는데 이 호수 동쪽에 오송강(吳淞江)이라고도 하고 소주하(蘇州河)라고도 하는 강이 흐른다. 태호에서 흘러나와 상해(上海)의 외탄(外灘)에서 황포강(黃浦江)과 합류한 후 황해로 들어가는 이 강을 옛날에는 송강(松江)이라고 불렀는데, 북송의 대문호 소식(蘇軾, 1036-1101)이 2천 리 밖의 황주(黃州, 지금의 호북성湖北省 황강시黃岡市 황주구黃州區)에서 지은 <후적벽부(後赤壁賦)>에 "오늘 황혼녘에 그물을 쳐서 고기를 잡았더니, 커다란 입에 가느다란 비늘이 달린 것이 송강의 농어처럼 생겼더이다(今者薄暮, 舉網得魚, 巨口細鱗, 狀如松江之鱸)"라는 말이 있을 정도로 이 강은 예로부터 농어가 많이 나는 것으로 유명했다.

그리고 이곳의 농어는 회가 특히 맛있어서 진(晉)나라 때 소주(蘇州) 사람 장한(張翰)은 낙양(洛陽)에 가서 벼슬살이를 하다가 어느 가을날 문득 고향에서 먹던 순채국과 농어회가 너무나 그리운 나머지 당장 사직하고 귀향함으로써 '순갱노회(蓴羹鱸膾)'라는 성어를 남겼다. 그러니 이 부근을 지나가는 돈 있는 사람들이라면 누구나 다투어 송강의 농어회를 찾아다녔을 것이다. 그러나 그 사람들 가운데 농어회가 어떤 과정을 거쳐서 자기 입에 들어가게 되는지 아는 사람이 몇 명이나 있었을까?
아니 그런 일에 관심을 둔 사람이 있기나 했을까?

그런데 북송 초기의 저명한 시인이요 정치인인 범중엄
(范仲淹, 989-1052)은 좀 달랐다. 소주 출신인 그는 어
릴 때부터 어부들이 나뭇잎처럼 작은 배를 타고 송강을
여기저기 돌아다니면서 풍랑에 휩싸여 배가 언제 침몰
할지 모르는 위험을 무릅쓰고 농어 잡이에 열중하는 모
습을 자주 보아 왔기 때문에 농어회가 바로 어부들의 목
숨을 돌보지 않은 노동의 대가임을 잘 알았던 것이다.
범중엄은 부재상(副宰相)까지 지낸 고관이었지만 어부
들의 애환을 잊지 않고 있다가 마침내 그들의 삶을 안쓰
러워하는 이 시를 지었다. 과연 <악양루기(岳陽樓記)>
라는 문장에서 "천하 백성들이 근심하기 전에 먼저 근심
하고, 천하 백성들이 다 즐기고 난 뒤에 즐긴다(先天下
之憂而憂, 後天下之樂而樂)"라고 한 범중엄다운 애민사
상이다.

올 겨울에는 하늘에 눈이 얼마나 많았던지 입춘이 지났
는데도 폭설이 내려 농민들의 고충이 이만저만이 아니
었다. 쌓이고 쌓인 눈의 무게를 못 이겨 비닐하우스가
내려앉는 바람에 그 안에 있던 작물이 다 망가진 것은
물론 비닐하우스를 지탱하고 있던 철골마저 엿가락처럼
휘어져 못 쓰게 되었다며, 방송사 기자가 들이민 마이크

에 대고 울먹일 듯이 하소연하는 농민이 있었는가 하면, "지난여름엔 수해로 비닐이 다 찢어져서 피해를 입었고, 이번 겨울에는 한파 때문에 제대로 수확을 못하다가 이 번에 또 폭설로 피해를 당하니 농사를 어떻게 지어야 할 지 모르겠습니다" 하며 한숨짓는 농민도 있었다. 이들에 비하면 신문지에 불을 붙여 들고 비닐하우스 위에 쌓인 눈을 녹이느라 뜬눈으로 밤을 지새웠다는 아주머니는 차라리 행복해 보이기까지 했다.

요즘은 온상재배 기술이 고도로 발달하여 봄에도 수박 을 먹을 수 있고 겨울에도 딸기를 먹을 수 있다. 그러나 먹기 전에 한 번쯤 그것이 다름 아닌 농민들의 땀과 눈 물의 결정체라는 사실을 생각해 볼 일이다. 눈이 많이 내려 주어서 스키 타기 좋겠다고 기뻐하기 전에 신문지 에 붙인 불로 밤새도록 비닐하우스 위의 눈을 녹이고 있 을 아주머니를 한 번쯤 떠올려 볼 일이다.

_ 2013. 2. 7.

5. 기와장이

陶者

매요신(梅堯臣)

대문 앞의 고령토를 다 파내어 구웠건만
자기 집 지붕에는 기와 한 장 없구만.
어떤 이는 손가락에 진흙 한 점 안 묻혀도
대궐 같은 기와집에 잘도 살건만.

陶盡門前土　　도진문전토

屋上無片瓦　　옥상무편와

十指不霑泥　　십지부점니

鱗鱗居大廈　　린린거대하

■

어느 산골에 한 기와장이가 있었다. 그가 처음 이곳에 왔을 때는 산자락 전체가 온통 고령토였다. 그 정도면 평생 기와를 구워도 흙이 모자라지는 않을 것 같았다. 그리하여 그는 그 땅 한구석에 집을 지었다. 비록 허름한 초가집이지만 그만하면 식솔들이 한뎃잠을 면하는 데는 문제가 없을 것 같았다. 그리고 앞으로는 평생 여기저기로 옮겨 다니지 않아도 될 것 같아서 흐뭇했다.

그런데 세월이 얼마나 흘렀을까? 평생 써도 못다 쓸 것 같던 대문 앞의 고령토가 어느새 바닥을 드러내고 있었다. 그 많은 흙을 다 구워서 기와를 만들었으니 그동안 그가 구운 기와가 수도 없이 많을 것이다. 그 일대에 있는 고대광실의 기와가 모두 그의 손에서 나왔다고 해도 과언이 아닐 것이다.

그런데 그토록 많은 기와를 구워서 팔았건만 막상 자기 집 지붕에는 기와가 한 조각도 없었다. 왜냐하면 그의 집은 초가집이기 때문이었다. 그는 자신이 그렇게 많은 기와를 구웠음에도 불구하고 아직까지 번듯한 기와집 한 채 지을 형편이 못 되었던 것이다.

어느 날 그 고을의 지방관으로 근무 중이던 북송 시인 매요신(梅堯臣, 1002-1060)이 이 산골을 지나가다가 우연히 기와장이의 집을 보았다. 초라하기 짝이 없는 기와장이의 초가집을 바라보는 순간 그의 뇌리에 지금까지 무심코 보아온 으리으리한 기와집들이 주마등처럼 지나갔다. 권세 있고 돈 있는 사람들은 손가락 하나 까딱하지 않고도 그렇게 큰 저택에서 잘들 사는데 저 기와장이는 평생토록 뼈 빠지게 기와를 구웠으련만 어찌하여 아직도 저토록 가난하게 사는 것일까? 태생적으로 가난한 사람은 평생, 아니 대대로 가난해야 하는 것일까? 부유한 사람들이 과연 자기 집의 기와가 얼마나 힘든 과정을 거쳐서 자기 집 지붕에 얹히게 되었는지 알기나 할까? 매요신은 갑자기 자신이 위정자라는 사실이 한없이 부끄러워졌다. 시를 지어서 비판해 봐야 아무런 소용도 없다는 사실을 모르지 않았지만 그래도 시나마 붙잡고 자신의 분통을 터뜨리지 않을 수 없었다. 그것은 빈익빈 부익부가 당연하게 받아들여지는 부조리한 사회를 향한 목청 터지는 절규요, 그것을 보고도 어찌해 볼 힘이 없는 미력한 자신에 대한 뼈저린 자조였다.

기차를 타고 농촌을 지나가다가 차창에 비치는 농민들의 모습을 보고 참으로 그림같이 아름답고 평화스러운 풍경이라고 찬탄하는 사람이 있다. 그들은 차창에 비친 그 그림같이 아름다운 풍경의 이면에 터질 것 같은 다리 아픔이 있고 끊어질 듯한 허리 아픔이 있으며, 게다가 또 언제 무슨 농작물의 가격이 폭락하여 수확도 하지 않은 채 그대로 갈아엎어 버려야 할지 모른다는 시황에 대한 불안이 있고 눈덩이처럼 불어나는 농가 부채에 대한 태산 같은 걱정이 있다는 사실에는 생각조차 미치지 않는 사람들이다. 문득 우리 위정자 중에는 매요신처럼 농민이나 노동자들의 생활을 잘 알고 그들에게 관심과 애정을 기울이는 사람이 얼마나 되는지 궁금해진다.

_ 2007. 5. 11.

6. 단비

偶成

소입지(蕭立之)

유람객들 보기 싫어 일부러 비 뿌리나?
한가로이 호수에서 뱃놀이하지 못하게 하네.
농사에는 단비임을 도시인이 알 리 있나?
연 날릴 맑은 날씨 안 준다고 원망하네.

雨妬遊人故作難　　우투유인고작난
禁持閑了下湖船　　금지한료하호선
城中豈識農耕好　　성중기식농경호
却恨慳晴放紙鳶　　각한간청방지연

도시 사람들에게 비는 그저 귀찮은 존재일 뿐이다. 비가 오면 우산을 써야 하는 불편이 뒤따르는 데다 우산을 쓴다고 해도 우산 밑으로 들이치는 비를 어쩔 수가 없다. 비가 오고 난 뒤에도 문제다. 땅이 질퍽질퍽해져서 바짓가랑이가 다 젖고 마차 바퀴가 진흙투성이로 변한다. 사흘이 멀다 하고 호수에 나가 뱃놀이를 하니 하루쯤 쉬어도 괜찮으련만 그래도 그들은 비가 오면 마냥 화를 낸다. 그리하여 얼굴을 잔뜩 찌푸린 채 "빌어먹을 날씨! 비는 뭣 하러 오는 거야?" 하고 투덜거린다.

아이들도 어른과 다르지 않다. 널따란 공터에 모여서 연날리기 놀이를 하는데 갑자기 비가 오면 연이 빗물에 젖기 때문에 더 이상 계속할 수가 없다. 아이들은 아쉬운 마음에 하늘과 친구의 얼굴을 몇 번이나 번갈아 쳐다보다가 하릴없이 연을 챙겨 집으로 돌아간다. 아이들은 예외 없이 입이 한 자씩이나 튀어 나와 있다.

소풍 갈 무렵이면 어린 학생들은 너도나도 기상관측사가 된다. 하루에도 몇 번씩 하늘을 올려다보며 소풍날 비가 올지 안 올지를 가늠해 본다. 특히 소풍 전날 저녁에는 유난히 세심하게 하늘을 관측해 보고 나서야 잠자리에 든다. 내일 날씨가 맑을 것이라고 판단되어서 안심하고 잤는데 막상 소풍날 아침에 부슬부슬 비가 내리면 아이들은 속이 상해 울상을 하고는 하늘을 원망한다.

누구에게나 이런 경험이 한 번쯤 있을 것이니 도회지 사람들이 비 때문에 놀지 못하게 되었다고 투덜거리는 것도 이해 못할 바는 아니다. 그러나 잠시 눈을 농촌으로 돌려 보면 자신이 얼마나 남의 사정은 모른 채 자기 생각만 했는지를 깨닫고 한없이 부끄러워질 것이다.

왜냐하면 농촌에서는 몇 달 동안 비가 내리지 않은 까닭에 곡식이 다 타들어 가고 모내기를 하려고 해도 논에 댈 물이 없어 농민들이 날마다 하늘을 올려다보며 비가 내리기를 학수고대하고 있을 뿐만 아니라 심지어 우물물마저 고갈된지라 보다 못한 태수가 기우제를 지내는 상황이기 때문이다. 이러한 농촌 사정을 조금만 생각한다면 도회지 사람들도 하늘이 시기할 정도로 자주 가는 뱃놀이를 며칠쯤 못 간다고 해서 그렇게 아쉬워해서는 안 될 것이다.

이 시는 남송 시인 소입지(蕭立之, 1250 전후)가 비에 대한 도시 사람과 농촌 사람의 상반된 관점을 대비시킴으로써 도시 사람들의 좁은 안목과 자기중심적인 사고방식을 풍자한 것으로, 읽는 이에게 농민을 비롯한 주변의 어려운 사람들에게 따뜻한 눈길을 좀 돌려 볼 것을 은근하게 권한다.

올해는 비교적 비가 많은 편이라 도시 사람들이 야유회

가고 골프 치기에 꽤나 불편할 것 같다. 그러나 그렇다
고 할지라도 자유무역협정(FTA)에 멍들 대로 멍든 농
민들의 마음을 헤아리며 짜증은 내지 말 일이다.

_ 2007. 6. 8.

7. 몇 명이나 돌아왔나?
涼州詞

왕한(王翰)

포도로 빚은 맛있는 술이 야광배에 찰랑찰랑
마시려는 순간 말 위에서 비파가 재촉하는구나.
술에 취해 모래밭에 드러누웠다 웃지 말게나
옛날부터 전쟁 나갔다 몇 명이나 돌아왔나?

葡萄美酒夜光杯　　포도미주야광배

欲飮琵琶馬上催　　욕음비파마상최

醉臥沙場君莫笑　　취와사장군막소

古來征戰幾人回　　고래정전기인회

■

언제 죽을지 모르는 전쟁터, 전쟁의 피로도 풀어 주고 죽음에 대한 공포도 씻어 주기 위해 이따금 맛있는 술로 병사들에게 잔치를 베풀어 준다. 그러나 전쟁 통에 어디 술이나 마시며 느긋하게 즐길 수가 있다던가? 한 곳에서의 전투가 일단락 나고 모처럼 편안한 마음으로 한잔 마셔 보려는데 말 위에서 다급하게 비파 소리가 울린다. 어서 마시고 또 다른 곳으로 옮겨 가자는 말이다.

병사들은 정신없이 술을 마신다. 나중에 또 이런 술을 마실 수 있을까? 다시 고향 집으로 돌아갈 수 있을지 없을지 그것조차도 알 수 없는 불안한 시국이 아닌가? 병사들은 이것이 살아생전에 마시는 마지막 술이 될지도 모른다고 생각하며 마구 마셔 댄다. 그리하여 마침내 정신이 몽롱해진 채 모래밭에 드러눕는다.

그러나 몽롱한 가운데도 걱정은 된다. 이 나라를 누가 지킬 것인가? 우리가 나라를 지키지 않으면 백성들이 우리를 보고 무엇이라고 할 것인가? 나라의 운명은 생각하지 않고 오로지 자기 일신만 생각하는 못난 젊은이라고 나무랄 것임에 틀림없다. 이래서는 안 된다. 가서 싸우자. 이 한 몸 바쳐서 조국이 평화로워질 수 있다면 이 한 몸 기꺼이 조국에 바치리라. 마음은 그렇지만 막상 몸을 움직이려니 몸이 말을 듣지 않는다. 그러니 백성들이여 제발 너무 나무라지 말고 우리 입장을 좀 이해해 다오. 옛날부터 수없이 많은 전쟁이 있었고 수없이 많은 병사들이 전쟁터에 나갔는데 그 가운데 살아서 돌아온 사람이 몇 명이나 되는가? 살아서 돌아온 사람이 거의 없지 않은가? 그러니 가는 거야 가겠지만 이 정도의 심리적 갈등은 이해해 줄 수도 있지 않은가?

당나라 개원(713-741) 연간에 양주(涼州, 지금의 감숙성甘肅省 무릉武陵 일대) 지방의 민가이던 <양주가(涼州歌)>가 중국 내지로 들어왔다. <양주가>는 서북쪽 변새 지방의 을씨년스러운 풍경과 전쟁의 비애를 노래한 민가였는데 시인들 중에도 이 <양주가>에 어울리는 가사 즉 <양주사>를 짓는 사람이 적지 않았으니 그중에서도 가장 대표적인 사람이 바로 왕한(王翰, 710 전후)이었다.

이 시는 왕한이 전쟁터에 나가 있는 병사들의 심경을 간파하여 지은 것으로 그들의 심리적 갈등이 참으로 적실하게 묘사되어 있다. 서북 지방의 민가에 어울리게 서역에서 들어온 포도주·야광배·비파 등을 시어로 적절히 구사함으로써 서북쪽 변새 지방의 정취를 한껏 담아 낸 것 또한 이 시의 큰 매력이다.

_ 2004. 8. 8.

8. 군인의 노래
　　從軍行

왕창령(王昌齡)

청해의 긴 구름에 설산이 어둑어둑
변성에서 바라보니 아스라한 옥문관
황사 속에 백 번 싸워 갑옷이 다 해져도
누란을 못 물리치면 돌아가지 않으리라.

　　　青海長雲暗雪山　　청해장운암설산
　　　孤城遙望玉門關　　고성요망옥문관
　　　黃沙百戰穿金甲　　황사백전천금갑
　　　不破樓蘭誓不還　　불파루란서불환

■

지난 3월 말에 학부 학생들의 교외교육을 위해 중국의 북경(北京)으로 갔다. 후배들이 간다는 소식을 듣고 북경에서 활동하고 있는 동문들이 우리를 초대하여 열렬한 환영회를 열어 주었다. 3월 26일 밤이었다. 북경의 최고급 호텔 가운데 하나라는 한 호텔에서 저녁을 사 준 뒤 동문들은 우리를 다시 북경 동북쪽에 있는 망경(望京)으로 데리고 갔다.

망경은 우리나라 사람들이 워낙 많이 사는 곳이라 그곳의 아파트 단지를 지나갈라치면 여기저기서 한국어로 이야기하는 소리가 들릴 정도다. 말하자면 한인촌인 셈이다. 한국어 간판을 달고 한국 음식을 파는 가게가 수두룩한 것은 당연한 이치다. 동문들이 우리를 데리고 간 맥주집 역시 그런 집 가운데 하나였다.

한국인인지 조선족인지는 모르지만 한국어를 아주 잘 구사하는 종업원이 내온 한국 소주를 맥주와 적당히 섞어 마시며 묘한 기분으로 중국 속의 한국 생활을 즐겼다. 한참 흔쾌하게 이야기를 나누고 있는데 갑자기 웅성거리는 소리가 들리는가 싶더니 이내 분위기가 숙연해졌다. 우리나라 방송이 직접 수신되는 그 맥주집의 텔레비전에 귀를 기울여 보니 백령도 앞바다에서 우리 초계함 한 척이 침몰했다는 소식이었다.

깜깜한 밤중이라 정확한 상황이 파악되지 않고 있다며 이런저런 추측을 하고 있었다. 대사관에 근무하는 동문 두 명과 신문사 특파원으로 근무하는 동문 한 명이 즉시 자리를 떴다. 긴급한 상황에 대처하기 위하여 사무실로 돌아간 것이다. 우리도 잔뜩 긴장된 마음으로 한동안 텔레비전을 주시하다가 더 이상의 새로운 소식을 듣지 못한 채 숙소로 돌아왔다. 천안함사건이다.

천안함에 타고 있던 군인 104명 가운데 58명은 간신히 구조되었지만 온갖 노력에도 불구하고 46명은 아직 실종 상태였는데 침몰 20여 일 만에 인양된 함미에서 그 가운데 38명이 주검으로 발견되어 기적을 바라고 있던 가족들을 오열케 했다. 그러나 주검조차 발견되지 않은 나머지 8명의 가족은 더더욱 참담한 심경으로 곧 있을 함수의 인양에 기대를 걸고 있다.

변고를 당한 군인들 중에는 나라를 지키고 전우를 보호하려는 굳은 의지를 지닌 사람이 매우 많다. 제2차 연평해전 때 참수리 357호에서 싸우다 총탄을 맞았으면서도 부상당한 사실을 잊은 채 전투에 몰두했던 사람도 있고, 거센 파도에 휘둘려 심하게 멀미를 하면서도 간부가 약한 모습을 보이면 안 된다며 멀미약 먹기를 거부한 사람도 있다. 후배의 아이가 아프다는 사실을 알고 자청하여 후배 대신 천안함을 탄 사람도 있고, 함정 근무 기간이 끝나 육상부대로 옮길 수 있음에도 불구하고 천안함이 좋다며 계속 탄 사람도 있다. 그런가 하면 해군 잠수요원으로서 실종자들을 구조하겠다는 일념으로 위험을 무릅쓰고 무리하게 잠수를 계속하다가 끝내 목숨을 잃고만 사람도 있다. 이들은 하나같이 국토방위의 신념이 투철하고 전우애가 돈독한 군인들이다.

천안함 승조원들에 관한 이야기를 듣고 있노라니 문득 왕창령(王昌齡, 698-757)의 이 시가 떠오른다. 천안함 승조원 한 사람 한 사람이 바로 이 시의 주인공이라고 생각되기 때문이리라. 이 시가 지금까지 천 몇 백 년 동안 인구에 회자해 왔고 앞으로도 오래오래 사람들의 기억에 남아 있을 것임에 틀림없는 것처럼, 천안함 승조원들의 든든한 모습 역시 두고두고 우리의 뇌리에서 떠나지 않을 것임에 틀림없다.

이번 사건으로 인해 하늘나라로 간 애국 영령들의 명복을 빌고, 가까운 사람이 떠남으로써 가슴에 커다랗게 멍이 들었을 남은 사람들이 하루빨리 슬픔을 극복하기를 빈다.

_ 2010. 4. 19.

9. 여산폭포를 바라보며

望廬山瀑布

이백(李白)

향로에 해가 비쳐 자줏빛 연기 일 제
멀리 폭포를 바라보니 시내가 번쩍 들렸다.
물줄기가 수직으로 삼천 자나 내려오니
구천에서 은하수가 뚝 떨어졌나 싶다.

日照香爐生紫煙　　일조향로생자연
遙望瀑布掛長川　　요망폭포괘장천
飛流直下三千尺　　비류직하삼천척
疑是銀河落九天　　의시은하락구천

■

강서성(江西省) 구강(九江) 남쪽에 여산이라는 유명한 산이 있다. 워낙 큰 산이라 보는 각도에 따라 산의 모습이 제각기 다르기 때문에 '여산진면목(廬山眞面目)'이라는 성어가 다 생긴 바로 그 산이다. 이 여산의 남쪽 기슭에 수봉풍경구(秀峰風景區)가 있는데 수봉풍경구 입구에 들어서면 마치 학교 게시판처럼 생긴 기다란 시비가 하나 세워져 있으니 바로 당나라 시인 이백(李白, 701-762)의 이 시다. 시비 뒤로 향로봉(香爐峰)·쌍검봉(雙劍峰)·자매봉(姉妹峰)·문수봉(文殊峰)·학명봉(鶴鳴峰)·귀배봉(龜背峰) 등의 높은 봉우리들이 우뚝우뚝 솟아 있는데 그중에서 가장 눈에 띄는 것이 향로봉이다. 산허리가 늘 구름에 둘러싸여 있어서 마치 연기에 덮인 향로와 같기 때문에 생긴 이름이라고 한다.

어느 날 여산 구경에 나선 이백은 산기슭에 있는 나지막한 둔덕이에 올라가 향로봉 일대를 둘러보았다. 그때 강렬하게 그의 시선을 끄는 폭포가 하나 있었다. 그는 비상한 상상력을 동원하여 이 폭포의 웅장한 모습을 매우 과장되게 노래했다. 그는 이 시에서 폭포의 높이가 3천 자 즉 약 900미터라고 했지만 내가 현장에 가서 직접 가늠해 본 바에 의하면 내가 사는 아파트만큼 높은 듯했다. 우리 아파트가 24층이니 폭포의 높이가 100미터 정도 되는 셈이다. 이백이 폭포의 높이를 열 배 정도로 과장한 것이지만 남달리 과장이 심한 이백의 표현치고는 그다지 심한 편이 아니다. 어쨌거나 이 폭포는 이백의 이 과장된 표현 덕분에 몸값이 부쩍 올라갔다고 할 수 있다.

1996년에 갔을 때는 이 폭포의 이름이 황애폭포(黃崖瀑布)였는데 2006년에 다시 갔을 때는 황암폭포(黃岩瀑布)로 바뀌어 있었다. 발음과 의미가 유사하면서 더 쉬운 글자로 바꾸었음을 알 수 있다. 큰 산인 만큼 여산에는 폭포가 수없이 많이 있는데 어째서 유독 이 황암폭포를 두고 여산폭포라고 하는 것일까? 이 폭포가 여산에서 가장 크기 때문일까?

그렇지 않다. 중국 사람들 사이에 "삼첩천에 안 가면 여산 구경 안한 셈(不到三疊泉, 不算廬山客)"이라는 말이 있을 정도로 웅장하고 기이하여 여산 제일의 기관(奇觀)으로 꼽히는 삼첩천폭포가 황암폭포보다 훨씬 더 크다. 그런데도 불구하고 이 황암폭포가 여산에 있는 수많은 폭포들의 대표가 된 것은 바로 이백이 이 시에서 그렇게 불렀기 때문이다. 외지에서 온 이백이 우연히 본 이 황암폭포를 여산폭포라고 부르며 지은 이 시가 인구에 회자했기 때문이다.

이 시의 첫 구절에서 이백은 향로에 해가 비쳐 보랏빛

연기가 인다고 했는데 이것은 오해를 야기하기 쉬운 말이다. 많은 사람들이 이 구절을 산허리에 늘 안개 즉 구름이 끼어 있는 향로봉에 해가 비친 모습을 묘사한 것으로 이해하지만, 이 경우 해가 비치는 현상과 안개가 생기는 현상 사이에 아무런 인과관계도 존재하지 않는다. 해가 비친다고 해서 안개가 생기는 것이 아니기 때문이다. 이 구절의 문장 구조를 보면 해가 비치는 현상과 안개 또는 연기가 생기는 현상 사이에 인과관계가 있어야 하는데 평상시에 늘 구름이 끼어 있다면 해가 비쳐서 구름이 생긴다는 말은 성립되지 않는다.

이 점을 늘 의아하게 생각하던 나는 1996년 가을에 이 폭포 밑으로 직접 가서 각도를 바꿔 가며 요모조모 세심하게 관찰해 보았다. 그러던 어느 순간 내 눈 앞으로 한 줄기 보랏빛이 번쩍하고 지나갔다. 무지개 현상이었다. 폭포가 일으킨 물보라에 햇빛이 굴절되어 일어난 무지개 현상으로 일곱 가지 빛깔이 나타났는데 그 가운데 보랏빛이 가장 강렬하게 느껴졌던 것이다.

이백이 본 것도 바로 이런 현상이었을 것임에 틀림없다. 거기다 마침 옆에 있는 봉우리의 이름이 향로봉이라는 사실에 착안하여 중의적인 표현을 쓴 것임에 틀림없다. 말하자면, 무지개 현상으로 생긴 보랏빛 광선을 보며 향로에서 나는 보랏빛 연기를 연상하고 옆에 있는 향로봉을 향로로 간주하여 중의법을 쓴 것임에 틀림없는 것이다.

이백은 겨우 산기슭에 있는 나지막한 등성이에서 멀리 있는 폭포를 바라보았을 뿐이지만 지금은 교통수단이 고도로 발달하여 케이블카를 타면 하얀 도포를 입은 채 아직도 그 자리에 서 있는 이백의 석고상을 발아래로 느끼며 '삼천 자' 높이에 있다는 '구천'에까지 순식간에 올라가 폭포의 꼭대기를 밟을 수도 있다. 그런데 막상 바위에 '여산폭포원두(盧山瀑布源頭)'라는 글씨가 새겨진 이 폭포의 꼭대기까지 가서 내려다보면 '구천'이 너무 시시해 보이고 따라서 이 시가 너무 싱거워지고 만다. 과학은 때때로 시의 적이다.

_ 2013. 7. 11.

10. 높은 산을 바라보며
望嶽

두보(杜甫)

태산은 도대체 어떻게 생겼는가?
제 땅과 노 땅에 걸쳐 푸르름이 끝이 없고
조화옹이 신비로움을 한데 쌓아 놓았는데
남쪽은 훤히 밝고 북쪽은 컴컴하다.
층계구름 피어나매 가슴이 후련하고
휙 지나는 날랜 새로 눈초리가 찢어진다.
언젠가 반드시 꼭대기에 올라가
작은 산들이 발밑에 엎드린 걸 보련다.

岱宗夫如何　대종부여하

齊魯青未了　제로청미료

造化鍾神秀　조화종신수

陰陽割昏曉　음양할혼효

盪胸生層雲　탕흉생층운

決眥入歸鳥　결자입귀조

會當凌絶頂　회당릉절정

一覽衆山小　일람중산소

조선 전기의 사대 서예가 가운데 한 사람인 양사언(楊士彦, 1517-1584)은 태산(泰山)을 두고 우리나라 사람이라면 모르는 사람이 별로 없는 유명한 시조를 읊었다.

　태산이 높다 하되 하늘 아래 뫼이로다.
　오르고 또 오르면 못 오를 리 없건마는
　사람이 제 아니 오르고 뫼만 높다 하더라.

또 우리나라 속담에 "티끌 모아 태산", "갈수록 태산"이라는 말도 있다. 모두 태산이 마치 우리나라의 어느 산인 듯한 생각을 갖게 하지만 태산은 중국의 산동성(山東省)에 있는 산이다.
중국은 예로부터 동부·서부·남부·북부와 중앙에 각각 그 지역의 대표적인 큰 산을 지정하여 각각 동악·서악·남악·북악·중악이라고 불렀다. 동악인 태산은 '대종(岱宗)'이라는 별명이 암시하는 바와 같이 이들 오악(五嶽) 중에서도 종주(宗主)의 위상을 지닌 산이다. 그리고 한걸음 더 나아가 공자(孔子, BC 551-479)는 "태산에 올라가서 천하를 작게 보았다(登泰山而小天下)"고 한다. 그러나 태산은 사실 그렇게 높은 산이 아니다. 해발 고도가 1,524미터이니 백두산(2,744미터)과는 비교도 안

되고 설악산(1,708미터)이나 덕유산(1,614미터)보다도 낮다. 그런데도 그토록 높아 보이는 것은 평지로부터의 높이가 높기 때문이다.

태산 주위에는 다른 산이 없다. 고속버스를 타고 몇 시간을 달려도 산은 보이지 않고 사방에 지평선이 내려앉아 있는 끝없는 들판만 보여 마치 자신이 커다란 쟁반의 한가운데에 붙어 있는 개미와 같이 느껴진다. 그렇기 때문에 태산을 조금 올라가다 보면 북쪽으로는 춘추시대 제나라의 영토였던 평야가 일망무제로 펼쳐져 있고 남쪽으로는 같은 시대의 노나라 땅이었던 들판이 또 그렇게 펼쳐져 있다.

산이 크다 보니 해가 비치는 남쪽은 훤히 밝고 햇빛이 안 드는 북쪽 비탈은 황혼녘처럼 어둑하다. 하늘을 올려다보면 하얀 구름이 뭉게뭉게 피어나고 이따금씩 산새들이 사람을 화들짝 놀라게 하며 휙휙 눈앞을 스쳐간다. 참 웅장하고 멋있는 산이다. 아무리 힘들어도 반드시 꼭대기까지 올라가 천하를 한번 굽어보고 싶은 생각이 절로 든다.

이 시는 중국의 대표적 시인인 두보(杜甫, 712-770)가 태산에 올라가면서 본 태산의 웅장한 모습과 그것에 대한 자신의 감회를 노래한 것이다. 두보에게는 <높은 산을 바라보며(望嶽)>라는 동일 제목의 시가 모두 세 수 있으니 각각 동악 태산, 남악 형산(衡山), 서악 화산(華山)을 소재로 한 것인데, 개원 28년(740)에 부친이 재임하고 있던 연주(兗州)에 갔을 때 지었다는 이 시는 현전하는 두보 시 중에서 가장 먼저 지어진 작품인 것으로 알려져 있다. 말하자면 두보가 가장 젊었을 때 지은 시인 셈이다. 젊은 시기에 지은 시인 만큼 이 시에는 두보의 넘치는 기백이 잘 드러나 있다.

올해는 여름이 유난히도 무더웠으니 여름의 끝자락에 높은 산을 찾아가 "산 위에서 부는 바람, 시원한 바람"으로 여름 동안 몸에 쌓인 후끈한 열기를 떨쳐 버리려는 사람이 유독 많을 것 같다. 혈기 넘치는 기백이 두보의 전유물일 리 없으니 이 세상 모든 사람이 누구나 이런 기백을 지니고 있을 것이다.

우리도 높은 산의 정상에 올라가 뭇 산들을 발아래에 밟고 선 채 온갖 행패를 다 부리다가 제풀에 꺾여 물러나는 여름의 뒷모습을 바라보며 가슴을 한껏 내밀고 산 밑을 한번 굽어보면 좋을 듯싶다. 더 나아가 패기를 가누지 못해 조금은 거만해진 몸가짐으로 사방을 둘러보며 이 땅이 어찌 이렇게 좁으냐고 소리를 한 번 질러보는 것도 좋을 듯싶다.

_ 2012. 9. 25.

11. 황학루
黃鶴樓

최호(崔顥)

옛사람은 이미 황학을 타고 떠나 버리고
이곳에는 황학루만 덩그러니 남아 있다.
황학은 떠난 뒤로 돌아오지 아니하고
흰 구름만 천년토록 유유히 떠다닌다.
맑게 갠 강가에 또렷한 것은 한양 땅의 나무요
싱그러운 풀 우거진 곳은 앵무주로다.
해는 넘어가는데 고향이 어디인가?
안개 낀 강가에 서 있자니 시름이 엄습한다.

昔人已乘黃鶴去　석인이승황학거
此地空餘黃鶴樓　차지공여황학루
黃鶴一去不復返　황학일거불부반
白雲千載空悠悠　백운천재공유유
晴川歷歷漢陽樹　청천력력한양수
芳草萋萋鸚鵡洲　방초처처앵무주
日暮鄕關何處是　일모향관하처시
煙波江上使人愁　연파강상사인수

호북성(湖北省)의 성도(省都)인 무한(武漢)은 장강(長江) 남쪽의 무창(武昌) 지역과 장강 북쪽의 한양(漢陽) 지역을 아우르는 거대 도시다. 이 도시를 가로지르는 장강의 남쪽, 정확히 말하면 무한장강대교 남단에 황학산·황곡산(黃鵠山)·사산(蛇山) 등의 여러 가지 이름으로 불리는 나지막한 산이 있는데 이 산 꼭대기에 가면 황학루라는 누각이 하나 있다. 오나라 황무 2년(223)에 창건되어 근 1,800년의 역사를 자랑하는 이 누각은 중국 4대 누각의 하나로 꼽힐 뿐만 아니라 천하강산제일루라는 영예를 누리고 있기도 한데 이 누각의 창건과 관련하여 재미있는 전설이 전해 온다.

옛날에 신(辛)씨라는 사람이 이곳에서 술장사를 하고 있었다. 어느 날 남루한 옷을 입은 우람한 사나이가 하나 와서 술을 한 잔 달라고 했다. 차림새로 보아 술값 낼 돈이 없어 보였지만 두말없이 한 잔 주었다. 그 뒤로 사나이는 매일같이 찾아와서 공짜로 술을 마셨다. 그렇게 반년쯤 지났을까? 사나이가 그동안에 진 빚을 갚겠다며 귤을 하나 달라고 했다. 그는 노란 귤껍질로 벽에다 학을 한 마리 그렸다. 황학이었다. 그림이 참으로 정교하여 술집에 있던 손님들이 박수를 쳤다.

그러자 학이 박수 소리에 맞추어 너울너울 춤을 추었다.

그 뒤로 그 부근에 사는 사람들과 지나가는 사람들이 너도나도 황학의 춤을 보기 위해 이 술집에 들르는 바람에 신씨는 금방 부자가 되었다. 10년쯤 지난 뒤에 그동안 어딘가로 사라졌던 사나이가 갑자기 돌아와 벽에 있는 학을 불러내어서 타고 하늘로 올라갔다. 신씨가 이 일을 기념하기 위해 누각을 하나 세우고 황학루라고 명명했다.

최호(崔顥, 704-754)의 이 시는 황학루에 올라가 일망무제로 펼쳐진 사방의 풍경을 구경하다가 문득 고향 생각이 간절해져서 지은 것이다. 남송 시인 엄우(嚴羽)가 ≪창랑시화(滄浪詩話)≫에서 "당나라 사람들의 칠언율시는 당연히 최호의 <황학루>를 최고로 쳐야 한다(唐人七言律詩, 當以崔顥<黃鶴樓>爲第一)"라고 했을 정도로 높은 평가를 받는 이 시는 천재 시인 이백(李白)마저도 감탄하게 한 것으로 알려져 있다.

이백이 황학루에 올라 눈앞에 일망무제로 펼쳐져 있는 아름다운 경치를 시로 읊어 보려는데 좀처럼 적당한 표현이 떠오르지 않았다. 그러던 차에 우연히 고개를 들어 보니 최호의 이 시가 씌어 있었다. 이백은 이 시를 보고 나서 "눈앞의 경치를 표현해 내지 못하는데, 최호가 시를 지어 위에다 써 놓았네(眼前有景道不得, 崔顥題詩在上頭)"라고 탄복하면서 시 짓기를 포기했다고 한다. 황학루가 있는 황학산 정상에서 동남쪽으로 약간 내려간 곳에 각필정(擱筆亭)이라는 정자가 하나 있으니 '붓을 놓은 정자'라는 뜻의 이 정자 이름이 바로 이와 같은 일화에서 유래한 것임을 알 수 있다.

황학루 안에 진열되어 있는 역대 황학루의 모형을 보면 당나라 때의 황학루는 2층짜리였음을 알 수 있는데, 지금은 5층이나 되는 고층 누각인 데다 안에 엘리베이터까지 설치되어 있어서 오르내리기에는 편리하지만 예스러운 맛이 없어서 많이 아쉽다. 다만 누각 앞에 황학 두 마리를 조각한 황동상을 세우고 '황학귀래상(黃鶴歸來像)'이라는 재미있는 제목을 붙여 놓아서 보는 이로 하여금 이 시의 세 번째 구절을 떠올리며 미소 짓게 한다. 누각의 고층화로 인해 잃어버린 운치를 다소나마 만회해 주는 셈이다.

_ 2014. 11. 8.

12. 금릉의 봉황대에 올라
登金陵鳳凰臺

이백(李白)

봉황대 위에서 봉황이 노닐다가
봉황이 가매 누대는 비고 강만 절로 흐른다.
오나라 궁궐의 화초는 오솔길을 뒤덮었고
진나라의 고관들은 언덕을 이루었다.
삼산은 반쯤 하늘 밖으로 떨어져 있고
두 줄기 강은 백로주에서 나누어졌다.
언제나 뜬구름이 해를 가리는지라
장안이 보이지 않아 근심스럽다.

鳳凰臺上鳳凰遊　봉황대 상봉황유
鳳去臺空江自流　봉거대공강자류
吳宮花草埋幽徑　오궁화초매유경
晉代衣冠成古丘　진대의관성고구
三山半落靑天外　삼산반락청천외
二水中分白鷺洲　이수중분백로주
總爲浮雲能蔽日　총위부운능폐일
長安不見使人愁　장안불견사인수

호북성(湖北省) 무한(武漢)의 황학루(黃鶴樓)에 올라가 아름다운 풍경을 내려다보면서도 적절한 표현을 찾지 못해 고심하다가 누각에 씌어 있는 최호(崔顥)의 시 <황학루(黃鶴樓)>를 보고 자기는 그만한 시를 지을 자신이 없다고 한탄하며 붓을 놓고 만 일은 두고두고 천재 시인 이백(李白, 701-762)의 머리를 무겁게 짓눌렀다. 언젠가는 최호의 시를 능가하는 멋진 시를 짓고 싶은 마음이 간절했다.

그 뒤 이백은 황제에게 글을 지어 바치는 관직인 한림공봉(翰林供奉)에 임명되어 약 3년 동안 장안(長安, 지금의 섬서성陝西省 서안西安)에 머물다가 천보 3년(744)에 그 자리에서 쫓겨나 도성을 떠났다. 이백이 조정에서 쫓겨난 이유는 여러 가지가 있겠지만 환관(宦官) 고력사(高力士)의 모함이 가장 크게 작용했다는 설이 있다. 이백은 당시 권력을 전횡하던 환관세력과 외척세력을 몹시 못마땅하게 생각하고 있었기 때문에 환관의 우두머리인 고력사의 질시를 피할 수 없었을 것이다.

어느 화창한 봄날 저녁에 현종이 양귀비를 데리고 흥경궁(興慶宮) 안에 있는 침향정(沈香亭)으로 행차했다. 당나라 태종이 신라 선덕여왕에게 모란 그림과 모란씨를 보냈다는 일화도 있듯이 당시 당나라 조정에서는 모란

을 매우 좋아한지라 침향정 주위에도 모란이 많이 심어
져 있었다. 흐드러지게 피어 있는 모란꽃을 보고 현종이
이백을 불러 시를 짓게 하라고 했다. 그때 이백은 이미
퇴청하여 장안의 주막에서 술을 마시고 인사불성으로
취해 있었다. 끌려가다시피 침향정으로 간 그는 얼굴에
찬물 세례를 받고 나서야 간신히 정신을 좀 차렸다. 그
리고 당시 막강한 권세를 누리고 있던 고력사의 부축을
받으며 현종 앞으로 나아가 현종의 총애를 독차지하고
있던 양귀비가 먹을 갈아 받쳐 들고 있는 가운데 일필휘
지로 <양귀비 찬가(淸平調詞)> 세 수를 지었다.

이 시에서 이백은 한나라 성제(成帝)의 황후 조비연(趙
飛燕)에 비유해 가며 양귀비의 미모를 극구 칭송했는데
평소 이백을 눈엣가시로 생각하고 있던 고력사가 양귀
비를 꾀어 함께 이백을 몰아낼 음모를 꾸몄다는 것이다.
조비연은 본래 기녀 출신으로 황후의 자리에서 쫓겨난
뒤 얼마 동안 장신궁(長信宮)에서 태후를 모시는 궁녀
로 있다가 결국 평민의 신세로 전락하여 여기저기 떠돌
다 죽었기 때문에 양귀비를 조비연에 비유한 것은 이백
이 넌지시 양귀비를 모욕한 것이라는 것이 고력사가 양
귀비를 꾄 논리였다고 한다.

이리하여 장안을 떠난 이백은 어느 날 금릉(金陵, 지금
의 강소성江蘇省 남경南京)에 있는 봉황대에 올라갔다.

봉황대는 옛날에 봉황이 내려와서 노닌 일을 기념하기 위하여 지었다고 전해지는 누대였다. 이백의 눈앞에 갖가지 풍경이 펼쳐져 있었다. 지평선 부근에 있는 삼산은 마치 대지 바깥으로 미끄러져 내려갈 듯 아슬아슬하게 지구에 매달려 있고 먼 길을 달려온 진회하(秦淮河)는 백로주를 사이에 두고 두 갈래로 갈라져 있었다.

삼국시대에 오나라의 황궁이 자리 잡고 있던 곳은 온통 잡초에 뒤덮여 있고, 동진 때에 세도를 떨치던 고관대작들은 덩그런 무덤만 하나씩 남기고 세상에서 사라졌다. 눈을 들어 장안이 있는 서북쪽 하늘을 바라보니 구름이 잔뜩 끼어서 시야를 가리고 있었다. 그 순간 그는 황학루에서 있었던 옛날 일을 떠올렸다. 그리고 가만히 붓을 들었다.

이처럼 최호와의 경쟁의식 속에 지어진 이 시는, 봉황대 일대의 풍경을 묘사하면서 나아가 조정이 충신을 포용하지 못하는 당시의 시대상을 풍자하고 자신의 깊은 우국충정을 드러냈다는 점에서, 시원스러운 풍경과 개인의 향수를 노래하는 데에서 그친 최호의 시를 능가하는 것으로 평가되기도 한다. 당연한 얘기지만 우열을 가리기 어렵다는 관점도 있고 최호의 시가 더 낫다는 관점도 있다. 어쨌거나 이백은 이 시 덕분에 남경 사람들의 추앙을 많이 받고 있다. 백로주공원 정문에 붙어 있는 안내문에는 이 시의 제5·6구가 씌어 있으며, 백로주공원에서 평강부로(平康府路)를 따라 북쪽으로 조금 간 곳의 진회하에 놓여 있는 평강교 밑에는 이백의 동상이 세워져 있고 그 뒤의 벽에 초서체로 쓴 이 시가 새겨져 있다. 백로주공원 안에 있는 작은 다리들 가운데 '이수교(二水橋)'라는 다리가 있다는 사실 역시 이 시의 성가를 말해 주는 예증이다.

_ 2014. 11. 15.

13. 관작루에 오르며

登鸛雀樓

왕지환(王之渙)

태양은 뉘엿뉘엿 서산으로 넘어가고
황하는 출렁출렁 바다로 흐르는데
천리안의 시력을 한껏 발휘하고파
다시금 한 계단을 더 올라간다.

白日依山盡　　백일의산진

黃河入海流　　황하입해류

欲窮千里目　　욕궁천리목

更上一層樓　　갱상일층루

■

산서성(山西省) 영제시(永濟市) 서남쪽의 포주진(蒲州鎭)에 관작루라는 누각이 있다. 호북성(湖北省) 무한(武漢)에 있는 황학루(黃鶴樓), 호남성(湖南省) 악양(岳陽)에 있는 악양루, 강서성(江西省) 남창(南昌)에 있는 등왕각(滕王閣)과 더불어 중국 4대 역사문화 명루 가운데 하나로 꼽히는 이 누각은 옛날에는 그 일대에서 가장 높은 3층짜리 건물로 황새·참새·까치 등 온갖 새들이 인적 드문 이 누각으로 와서 보금자리를 틀었기 때문에 이런 이름을 갖게 되었다고 전해진다. 이 누각은 북주(北周, 556-581) 때 창건되었으니 1,500년의 유구한 역사를 지닌 셈인데 원나라 초에 무너진 것을 최근에 당나라 때의 모습을 토대로 다시 지었다고 한다.

관작루에 오르면 끝없이 펼쳐진 들판과 그것을 가로질러 출렁출렁 흘러가는 황하가 있어 가슴을 시원하게 씻어 주기 때문에 많은 시인들이 이 누각에 올라가서 눈앞에 펼쳐진 풍경을 굽어보며 너도나도 그럴 듯한 언어로 풍경화를 그렸다.

대표적인 예로, "날아가는 새들을 굽어보면서, 속세의 바깥으로 높이 솟았다. 하늘은 평평한 들판을 에워싸고, 강물은 끊어진 산줄기로 들어간다(迥臨飛鳥上, 高出世塵間. 天勢圍平野, 河流入斷山)"라고 한 중당(中唐) 시인 창당(暢當)의 <관작루에 올라(登鸛雀樓)>를 들 수 있다.

성당(盛唐) 시인 왕지환(王之渙, 688-742)도 이 누각에 한번 올라가 보기로 했다. 우선 한 층을 올라간 그는 난간에 바짝 붙어 서서 발밑에 펼쳐진 풍경을 한번 살펴보았다. 마침 저녁 무렵이라 창백해진 태양이 서산에 턱을 건 채 넘어가기 싫다고 애원하는 듯한 표정을 지으며 빛을 뿌리고 있고 그 빛을 받아 불그레해진 황하가 수놓은 비단을 길게 펼쳐 놓은 듯한 황홀한 자태로 바다를 향해 너울너울 흘러가고 있었다. 아득히 먼 곳에서는 강이 마치 하늘로 올라가는 것만 같아 더욱 감칠맛이 났다. 참으로 보기 드문 장관이었다. 한참 동안 넋을 놓고 구경하던 그는 다시 위층을 향해 걸음을 옮겼다. 한 층 더 올라가면 자신의 눈높이가 더 높아지고 그에 따라 시야가 그만큼 더 넓어져서 결과적으로 훨씬 더 멋진 풍경을 볼 수 있을 것으로 생각되기 때문이었다.

사람들은 누구나 호기심을 가지고 있다. 우리가 산에 오를 때 먼저 낮은 등성이에 올라가서 경치를 한번 구경한 뒤 조금 더 높은 등성이에 올라가 보고, 다시 조금 더 높은 등성이에 올라가 보고, 이리하여 마침내 정상에까지 오르고야 마는 것이 다름 아닌 이 호기심 때문일 것이다. 관작루에 올라가서 지은 많은 시들 가운데 왕지환의 이

시가 타의 추종을 불허할 정도로 가장 널리 인구에 회자
하거니와 그것은 아마도 다른 시들이 관작루 주변의 아
름다운 풍경을 묘사하는 데 그친 반면, 왕지환의 이 시
는 관작루를 빌려 호기심 많은 인간의 보편적 심리를 절
묘하게 잘 묘사해 냈다는 데에 그 원인이 있을 것으로
생각된다.

_ 2007. 4. 9.

14. 진회하에 배를 대니
泊秦淮

두목(杜牧)

안개 서린 강가에 달빛 훤한 모래밭
진회하에 배를 대니 술집이 가까운데
술 파는 여자는 망국의 한도 모르고
강 건너에서 아직도 <후정화>를 부른다.

煙籠寒水月籠沙　　연롱한수월롱사
夜泊秦淮近酒家　　야박진회근주가
商女不知亡國恨　　상녀부지망국한
隔江猶唱後庭花　　격강유창후정화

■

강소성(江蘇省) 남경시(南京市) 남부에 부자묘(夫子廟) 즉 공자(孔子)의 사당이 있다. 이곳은 수많은 남경 시민들이 즐겨 찾는 곳이다. 공자의 사당에 참배하기 위해서라기보다는 부자묘 맨 뒤에 있는 존경각(尊經閣)이 무료 민간예술 공연장으로 사용되고 있고 주변에 상가도 많이 있기 때문일 것이다. 어쨌든 남경의 부자묘는 남경을 찾는 외지인들이나 외국인들도 많이 찾을 만큼 널리 알려진 곳이다. 부자묘 정문에서 진회하(秦淮河)를 따라 왼쪽으로 조금 올라가면 '고진회(古秦淮)'라는 초서체의 현판이 걸린 높다란 일주문이 하나 나온다. 그 앞으로 흐르는 진회하가 바로 이 시의 창작 현장이다.

당나라 시인 두목(杜牧, 803-852)은 배를 타고 물길을 따라가다가 어느 날 저녁 이곳에 이르렀다. 그는 여기서 하룻밤을 지낼 요량으로 강가에 배를 댔다. 강물은 뿌옇게 안개에 덮여 있고 모래밭은 하얗게 달빛에 싸여 있었다. 이렇듯 아름다운 진회하의 야경을 만끽하고 있노라니 갑자기 귀에 익은 노랫소리가 들려왔다. 귀를 기울여 자세히 들어보니 부근에 있는 술집에서 기녀가 <옥수후정화(玉樹後庭花)>라는 노래를 부르고 있었다. 순간 그의 머릿속에 그 노래에 얽힌 역사적 사실이 떠올랐다. 남경을 도읍으로 삼은 진(陳)나라의 마지막 군주인 후주(後主, 582–589 재위)는 정사에는 관심이 없고 궁녀들을 데리고 음주가무나 즐기며 세월을 보냈다. 북쪽에서 수(隋)나라 군사가 진나라를 치러 내려오고 있었지만 후주는 아랑곳하지 않았다. 그날도 후주는 손수 <옥수후정화>라는 노래를 지어 귀비 장려화(張麗華)에게 건네주며 불러 보라고 했다. 그때 수나라 장수 한금호(韓擒虎)가 쳐들어왔다. 후주는 다급한 김에 장려화와 함께 연지정(臙脂井)이라는 우물로 뛰어들었다.

그러나 그는 이내 수나라 군사에게 붙잡혀 포로로 끌려갔다. 그리고 진나라는 영원히 역사 속으로 사라졌다. 이러한 치욕적 사건이 있은 뒤로 연지정은 욕정(辱井)이라는 불명예스러운 별명을 얻게 되었는데 남경 사람들이 이 일을 잊지 않기 위하여 현무호(玄武湖) 남쪽의 계명사(鷄鳴寺)라는 절 안에 이 우물을 복원해 놓았다. <옥수후정화>는 이처럼 나라의 운명을 갈라놓은 망국의 노래였다. 그런데 진나라의 도성이었던 금릉(金陵, 지금의 강소성江蘇省 남경南京) 땅의 기녀가 아직도 생각 없이 그 노래를 부르고 있었다.

그 노래를 듣는 순간 시인은 심경이 어떠했을까? 아마도 정사에 힘쓰지 않고 환락이나 추구하는, 그래서 나라를 위태롭게 하는 군신들이 한탄스러웠으리라. 아니 어쩌면 세상 물정을 잘 모르는, 그래서 오히려 속 편하게 살 수 있는 기녀들이 부러웠을지도 모르겠다.

진나라 후주는 일반적으로 정사는 돌보지 않고 가무음곡에만 도취하여 취생몽사한 무능한 군주라는 비판을 받는다. 그러나 "그가 만약 <옥수후정화>를 짓지 않았다면 과연 2백 몇 십 년이 지난 두목의 시대에 이르도록 여전히 민중들의 사랑을 받을 수 있었을까?" 하는 의구심이 든다. 그가 만약 예사 군주들처럼 근실하게 정사를 돌보는 범상한 군주로 살았다면 일찌감치 민중들의 기억에서 사라졌을 가능성이 크다. 그러니 그가 정치적으로는 실패한 삶을 살았다고 할지라도 예술적으로는 성공적인 삶을 살았다고 할 수도 있을 것 같다.

그렇다면 우리는 그를 무능한 군주였다고 비판할 수 없는 것이 아닌가? 그렇지는 않다. 그럼에도 불구하고 그에게 문제가 없는 것이 아니기 때문이다. 그는 군주의 자리에 앉지 말았어야 했다. 그랬다면 자신도 지키고 나라도 잃지 않았을 것이다. 정치적 능력도 없는 사람이 군주가 된 것이 문제였다. 능력이 없으면서 능력을 필요로 하는 자리에 앉는 것은 능력 있는 사람이 구성원들을 위해 능력을 발휘할 기회를 빼앗는 것이기 때문에 그것 자체로 구성원들에게 죄를 짓는 것이다. 공공의 번영을 위해 일하는 사람에게는 무능도 큰 죄악이라고 할 수 있다는 말이다.

오늘날 우리 사회에는 '무능의 죄'를 저지르는 사람이 없는가? 아니, 나는 과연 '무능의 죄'를 범하지 않고 사는가?

_ 2014. 12. 3.

15. 우리 헤어지려면
菩薩蠻

무명씨(無名氏)

베갯머리에서 온갖 소원 다 비나니
우리 헤어지려면 청산이 닳아 없어지고,
물위에 둥실둥실 저울추가 떠다니고
황하가 바닥까지 말라야 하리.

삼성과 진성이 대낮에 나타나고
북두칠성 남쪽으로 돌아야 하리.
헤어지려 하여도 헤어질 수 없으리
삼경에 해님이 보일 때까진.

枕前發盡千般願　침전발진천반원

要休且待靑山爛　요휴차대청산란

水面上秤錘浮　수면상칭추부

直待黃河徹底枯　직대황하철저고

白日參辰現　백일삼진현

北斗廻南面　북두회남면

休卽未能休　휴즉미능휴

且待三更見日頭　차대삼경견일두

■

이 시는 당나라 때 민간인들 사이에 즐겨 불리던 <보살만(菩薩蠻)>이라는 대중가요의 가사다. 민간 가요는 여러 가지 특징을 지니고 있는데 그 가운데 가장 중요한 것이 진실한 감정을 진술하고 투박하게 표현하는 점이라고 할 수 있는바, 이 시는 청춘남녀의 순수하고 애틋한 사랑의 감정을 마치 떼를 쓰듯 꾸밈없고 투박하게 표현했음을 한눈에 알 수 있다.

청산이 닳아 없어진다든지, 저울추가 물에 둥둥 떠다닌다든지, 황하가 바닥을 드러낼 정도로 바짝 마른다든지, 대낮에 별이 나타난다든지, 북두칠성이 남쪽을 향해 돌아앉는다든지, 한밤중에 해가 보인다든지 하는 절대로 일어날 수 없는 일이 일어나는 것을 전제로 헤어지겠다는 것은 다름 아닌 절대로 헤어지지 않겠다는 의지의 민간적 표현인 것이다.

이 시를 읽으면 생각나는 우리나라의 옛날 속요가 한 수 있다. "딩아 돌하 당금(當今)에 계샹이다. 딩아 돌하 당금에 계샹이다. 선왕성대(先王聖代)예 노니ᄋ와지이다. 삭삭기 셰몰애 별혜 나ᄂ, 삭삭기 셰몰애 별혜 나ᄂ, 구은 밤 닷되를 심고이다. 그 바미 우미 도다 삭 나거시아, 그 바미 우미 도다 삭 나거시아, 유덕(有德)ᄒ신 님믈 여ᄒᆡᄋ와지이다"로 시작하는 고려속요 <정석가(鄭石

歌)>가 그것으로, 내용면에 있어나 표현면에 있어서나 이 시를 쏙 빼닮았다.

이 <정석가> 역시 자신들이 헤어지려면 모래밭에 심은 군밤에서 싹이 나야 하고, 바위에 접붙인 옥 연꽃에서 꽃이 무성하게 피어야 하고, 무쇠로 만든 철릭이 다 닳아야 하고, 무쇠로 만든 소가 쇠로 된 풀을 먹어야 한다는 식의 투박하고 억지스러운 표현으로 일관하여 이 시와 분위기가 매우 흡사함을 느낄 수가 있다.

사랑하는 사람이 서로 떨어지기 싫어하는 것은 중국과 한국이 다르지 않고 옛날이나 지금이나 한가지인 모양이다. 그리고 그것을 표현하는 민간인의 투박한 말투 또한 동서와 고금이 마찬가지인 성싶다.

_ 2009. 10. 12.

16. 세아희날 장난삼아
洗兒戲作

소식(蘇軾)

남들은 다 자식이 총명하길 바라지만
이 몸은 총명으로 일생을 망쳤으니
오로지 이 아이가 어리석고 미련하여
별 탈 없이 무난하게 잘되기만 바란다.

人皆養子望聰明　　인개양자망총명

我被聰明誤一生　　아피총명오일생

惟願孩兒愚且魯　　유원해아우차로

無災無難到公卿　　무재무난도공경

■

요즈음 우리나라 어린이들은 너무나 바빠서 보기에 여간 안쓰럽지 않다. 최근의 한 조사 결과에 의하면 요즈음 우리나라 어린이들의 일과가 조선시대 군주들의 그것만큼이나 빠듯하다고 한다. 설마하니 어린이들이 아침 일찍 일어나 저녁 늦게까지 하루 종일 앉아서 여러 중신들과 정사를 논의해야 하는 군주만큼이야 바쁠까 하는 생각이 든다. 그러나, 학교에서 돌아오면 영어학원에 가고, 영어학원 마치면 속셈학원에 가고, 속셈학원 끝나면 미술학원에 가고, 미술학원 다음에는 음악학원에 가는 우리 어린이들을 보노라면 그들의 일과가 결코 조선시대 군주들의 그것보다 느슨하지도 않은 것 같다. 이 때문에 어린이들은 자신들을 혹사하는 부모가 원망스럽기만 하다.

그러나 부모는 결코 자식을 혹사하고 싶어서 그러는 것이 아니다. 부모는 어디까지나 자식이 장차 훌륭한 사람이 되어 잘 살아 주기를 바라는 마음에서 그러는 것이다. 자식에게 이것저것 무리하게 요구하는 부모라고 할지라도 막상 자식의 건강에 이상이 생기게 되면 당장 모든 학원을 그만두게 하고 자식의 건강을 보살피기에 여념이 없을 것이다. 이러한 부모의 마음은 예나 지금이나 변함이 없다. 2,500년 전에 "부모는 오직 자식이 병들지 않을까 그것만을 걱정한다(父母唯其疾之憂)"라고 한 공자(孔子)의 말과, 젊은 아버지가 어린 아들에게 "개구쟁이라도 좋다. 튼튼하게만 자라다오"라는 말을 하여 보는 이의 심금을 울린 오래전의 어느 텔레비전 광고가 이 사실을 증명해 준다.

원풍 6년(1083) 음력 9월 27일, 소식(蘇軾, 1036-1101)의 넷째 아들 소둔(蘇遯)이 태어났다. 아이가 태어난 지 사흘째가 되면 아이에게 목욕을 시키고 잔치를 벌여 축복해 주던 당시의 풍습에 따라 소식은 갓 태어난 아들을 위해 세아회를 열고 그 자리에서 이 시를 지어 아들의 장래를 축복해 주었다.

당시 신법파의 모함으로 황주(黃州, 지금의 호북성湖北省 황강시黃岡市 황주구黃州區)에서 유배 생활을 하고 있던 그는 비록 세속적인 욕심을 버리고 초연하게 인생을 관조하는 태도를 견지하고 있었지만 그래도 마음 한구석에는 이 늦둥이 아들이 제발 자기처럼 모나게 살지 말고 원만한 대인관계를 바탕으로 일생 동안 별다른 고생 없이 등 따습고 배부르게 잘 살아 주었으면 하는 생각이 간절했기 때문이다.

오로지 자식이 건강하기만을 바라는 것이 예나 지금이나 변함없는 부모의 염원이라면 소식의 이 시를 그냥 농담 삼아 한 번 해 본 소리로 치부해 버릴 수는 없다. 자신은 비록 부조리한 사회현실을 그냥 보아 넘기지 못해 안 해도 될 고생을 자초했을지라도 자식만은 제발 한평 생 고통 없이 편안하게 살아 주기를 바라는 부모의 심사 를 두고 이율배반이라고 나무랄 수는 없을 것이다. 그것 은 차라리 그 누구에게도 예외가 허용되지 않는 인지상 정이라고 해야 할 것이다.

_ 2004. 10. 25.

17. 어머님 은혜
遊子吟

맹교(孟郊)

인자하신 어머니의 손 안의 실이
길 떠나는 아들의 포근한 옷이 되네.
떠나기 전에 촘촘하게 깁고 또 깁는 것은
돌아올 날 늦어질까 걱정하는 마음이네.
그 누가 말했던가 한 치짜리 짧은 풀이
석 달간의 봄빛에 보답할 수 있다고?

慈母手中線　자모수중선

遊子身上衣　유자신상의

臨行密密縫　림행밀밀봉

意恐遲遲歸　의공지지귀

誰言寸草心　수언촌초심

報得三春暉　보득삼춘휘

■

만당(晚唐) 시인 맹교(孟郊, 751–814)는 평생 곤궁하게 살다가 마흔여섯 살에 비로소 과거에 급제하여 쉰 살에 처음으로 율양현(溧陽縣, 지금의 강소성江蘇省 율양)의 현위(縣尉)라는 말단 관직에 부임했다. 이 시는 맹교가 율양현위가 된 뒤 고향에 계시는 어머니를 자신의 근무지인 율양으로 모셔 온 일을 계기로 옛날에 자신이 몇 차례나 어머니와 작별하던 일을 회상하여 지은 것이다. 수없이 많았던 어머니와의 작별, 그때마다 어머니가 한 땀 한 땀 정성 들여 지어 놓았다가 말없이 내밀던 나들이옷, 적으나마 마음에 여유가 생기자 맹교는 그제야 그 옷에 담긴 어머니의 사랑을 알 듯했다.

그러나 한편으로 생각하니 자식이 어떻게 어머니의 깊디깊은 사랑을 헤아릴 수 있을까 싶었다. 자식이 봄을 맞아 뾰족뾰족 싹을 틔운 풀과 같다면 어머니는 그 풀을 따뜻하게 감싸 안아 무럭무럭 자라게 해 준 봄볕과도 같을 것이다. 풀은 자기 힘으로 자랐다고 생각할지 모르지만 기실 그 풀은 맹춘·중춘·계춘의 석 달 동안 따스하게 내리쬐어 준 봄볕 때문에 자랄 수 있었던 것이다. 봄볕은 이렇게 큰 사랑을 베풀고도 말을 하지 않으니 한 치밖에 안 되는 짧디짧은 풀의 마음이 어찌 깊디깊은 봄볕의 거룩한 마음을 헤아릴 수 있겠는가?

풀이 봄볕의 마음을 헤아리기 어렵듯이 자식이 어머니의 마음을 헤아리기는 참으로 어렵다. 그리고 풀이 봄볕의 은혜에 보답할 수 없듯이 자식이 어머니의 은혜에 보답하는 것 또한 불가능한 일일 것이다. 1년에 한 번씩 "하늘 아래 그 무엇이 높다 하리오? 어머님의 은혜는 가이없어라" 하고 노래 부르는 것으로 어머니의 은혜를 다 안다고 착각하고, 어쩌다 한 번씩 선물을 사 드리는 것으로 어머니의 사랑에 다 보답한다고 착각하는 것은 아닌지 깊이 한번 반성해 볼 일이다.

_ 2004. 4. 27.

18. 적벽

赤壁

두목(杜牧)

모래에 묻힌 부러진 창 쇠가 아직 삭지 않아
스스로 들고 닦아 보니 옛것임을 알겠구나.
동풍이 주유 편을 들어주지 않았다면
동작대에 봄 깊을 때 대교 소교가 갇혔으리.

折戟沈沙鐵未銷　절극침사철미소
自將磨洗認前朝　자장마세인전조
東風不與周郎便　동풍불여주랑편
銅雀春深鎖二喬　동작춘심쇄이교

호북성(湖北省)의 성도(省都)인 무한(武漢) 부근에 두 개의 적벽이 있다. 하나는 무한에서 장강(長江)을 따라 90킬로미터쯤 올라간 곳에 있고 하나는 무한에서 장강을 따라 60킬로미터쯤 내려간 곳에 있다. 전자는 삼국적벽(三國赤壁)이라고 하고 후자는 동파적벽(東坡赤壁)이라고 한다. 공식적으로 삼국시대 적벽대전의 현장이라고 인정되는 삼국적벽은 오나라와 촉나라의 연합군이 화공으로 위나라의 군함을 불태울 때 그 불길이 옆에 있는 바위 절벽을 벌겋게 달구었기 때문에 적벽이라고 하고, 동파적벽은 절벽 자체가 붉은색 바위로 이루어져 있기 때문에 적벽이라고 한다.

동파적벽은 송나라의 대문호 소식(蘇軾, 1036~1101, 호 : 동파東坡)이 황주(黃州, 지금의 호북성湖北省 황강시黃岡市 황주구黃州區)에서 유배 생활을 할 때 <적벽부(赤壁賦)>를 지어서 유명해진 곳으로 적벽대전의 현장이라고 인정되지는 않는데, 황주 사람들은 옛날부터 지금까지 줄곧 동파적벽이 바로 적벽대전의 현장이었다고 주장하고 있다.

소식은 ≪동파지림(東坡志林)≫에서 "황주지주의 거처에서 수백 보 떨어진 곳이 적벽으로 어떤 사람은 주유가 조조 공을 격파한 곳이라고 하는데 과연 그런지 어떤지

는 모르겠다(黃州守居之數百步爲赤壁, 或言卽周瑜破曹公
處, 不知果是否)"라고 했고, 또 <범자풍에게 보내는 편
지(與范子豊書)>에서도 "황주에서 조금 서쪽으로 가면
산기슭이 장강 안으로 쑥 들어가고 석실이 단사처럼 붉
은 곳이 있는데 전하는 말에 의하면 조조 공이 패배한
곳 즉 적벽이라는 곳이라고 하고 또 어떤 사람은 아니라
고도 합니다(黃州少西, 山麓斗入江中, 石室如丹. 傳云曹
公敗所, 所謂赤壁者, 或曰非也)"라고 했다. 이것은 황주
에 있는 동파적벽이 바로 적벽대전의 현장이었다는 주
장이 송나라 때도 이미 제기되고 있었음을 증언한다.
그리고 1996년 10월에 내가 동파적벽을 찾아갔을 때 만
난 한 현지 시인은 나를 보자마자 그곳이 바로 적벽대전
의 현장이라며 소식 문학의 현장을 답사하러 간 한 외국
인을 설득시키려고 열을 올렸다. 그때 그가 증거로 제시
한 것이 바로 이 시였다.
이 시는 시인 두목(杜牧, 803-852)이 강가의 모래밭에
서 우연히 삼국시대의 창을 하나 주운 것을 계기로, 제
갈량(諸葛亮)이 일으킨 동남풍 덕분에 주유(周瑜)가 이
끈 오촉(吳蜀) 연합군이 조조(曹操)의 위나라 군사를
대파한 적벽대전의 한 장면을 머릿속에 그려 본 것이다.
그러면서 한편으로, 조조가 원소(袁紹) 부자를 격파한
후 북방 평정 기념으로 업성(鄴城)에다 동작대(銅雀臺)

라는 으리으리한 누대를 지어 놓고 거기에 자신의 수많은 애첩들을 머물게 한 일을 떠올리면서, 만약 주유가 불운하여 조조에게 졌다면 당시 절세의 미인으로 각각 손책(孫策)과 주유의 부인이 된 대교(大喬)와 소교도 조조에게 끌려가서 그의 애첩이 되고 말았을 것이라는 발칙한 상상을 한번 해 본 것이다.

두목은 이 시에서 자신이 부러진 창을 주운 곳이 바로 적벽대전의 현장이라고 믿고 있거니와, 그는 삼국적벽에는 간 적이 없고 황주태수를 지낸 적은 있기 때문에 그가 창을 주운 곳이 바로 황주임에 틀림없고 따라서 두목은 동파적벽이 바로 적벽대전의 현장이라고 생각했음이 분명하다. 황주 사람들의 이러한 주장도 일리가 있기는 하지만 두목이 그렇게 생각했다고 해서 그것이 역사적 진실로 공인되는 것은 아닐 것이다.

더구나 만약 주유처럼 좋은 운을 타고 나지 못해 관직 생활이 여의치 않다고 시인 자신의 신세를 한탄하는 것이 이 시의 창작동기라면 시인으로서는 그곳이 적벽대전의 현장이든 아니든 문제가 되지 않았을 것이다. 그러기에 소식도 황주의 적벽이 적벽대전의 현장이라는 현지인들의 말을 믿고 그곳이 적벽대전의 현장이었다는 전제 하에 <적벽부>라는 부(賦)와 <염노교(念奴嬌)·적벽회고(赤壁懷古)>라는 사(詞)를 지었지만 이들 작품의 창작 동기는 결국 인생무상의 감개를 노래하는 데에 있지 않았던가?

지금 와서 어느 곳이 진정한 적벽대전의 현장이었는지를 확인하는 것은 쉬운 일도 아니고 또 그다지 필요한 일도 아닐 것이다. 다만, 이 지역을 여행할 일이 있을 때 이 점을 염두에 두고 두목의 이 시와 소식의 <적벽부> 및 <염노교·적벽회고>를 음미하면서 적벽을 한번 살펴본다면 적벽이 더 잘 보이지 않을까 싶다.

_ 2013. 2. 26.

19. 산속에 무엇이 있느냐고요?
詔問山中何所有賦詩以答

도홍경(陶弘景)

산속에 무엇이 있느냐고요?
산마루에 흰 구름이 많이 있지요.
저 혼자서 바라보며 즐길 수가 있을 뿐
가져가서 폐하께 드릴 수가 없군요.

山中何所有　산중하소유
嶺上多白雲　령상다백운
只可自怡悅　지가자이열
不堪持贈君　불감지증군

남조시대 사람 도홍경(陶弘景, 456−536)은 제(齊)나라 때 잠시 벼슬살이를 하다가 금방 그만두고 구곡산(句曲山)으로 들어가 은거하고 있었다. 구곡산은 지금의 모산(茅山)으로 강소성(江蘇省) 진강(鎭江)에서 남쪽으로 100여 리, 상주(常州)에서 서쪽으로 100여 리 떨어진 곳에 있다. 그는 구곡산에 숨어 살면서 양(梁)나라 무제가 조정으로 와서 자신을 보필해 달라고 간곡하게 부름에도 불구하고 끝내 뜻을 굽히지 않았다. 황제인 무제로서는 도홍경이 왜 그렇게 은거생활을 고집하는지 도무지 이해할 수 없었다. 그는 마침내 조서를 내려 도홍경에게 물었다.

"산속에 도대체 무엇이 있기에 그대는 이토록 짐의 뜻을 몰라주는 것이오?"

도홍경은 아마 무제의 질문을 받고 나서야 비로소 자신이 왜 산속에 은거하는지 진지하게 생각해 보기 시작했을 것이다. 그러나 아무리 생각해 보아도 무제의 궁금증을 풀어 줄 수 있는 시원한 대답이 떠오르지 않았을 것이다. 그냥 산이 좋아서 산에서 사는 것일 뿐 딱히 무엇 때문이라고 말하기는 어려웠겠기 때문이다. 그러기에 도연명(陶淵明)은 "산색은 저녁을 맞아 한결 더 아름답고, 새들은 짝을 지어 둥지로 돌아오네. 이 속에 사람 사는 참 의미가 있는데, 무어라고 말하려다 그만 말을 잊었네(山氣日夕佳, 飛鳥相與還. 此中有眞意, 欲辨已忘言)"라고 하여 전원생활의 묘미란 말로 표현할 수 없는 것이라고 하지 않았던가?

황제의 질문에 대답을 하지 않을 수도 없는 터라 한참 동안 고심하고 있는데 갑자기 산꼭대기에 솜털인 듯 명주인 듯 하얗고 보들보들한 구름이 한 무더기 지나갔을 것이다. 늘 보는 구름이지만 그는 자신도 모르게 '와! 와!' 하고 감탄을 연발했을 것이다. 그리고 그 순간 "그래, 저것이다. 나를 산속에 붙잡아 두는 것은 바로 저 구름이다" 하는 생각이 불현듯 났을 것이다. 무제에게 들고 가서 보여 주고 싶은 마음 간절하지만 그렇게 할 수 없는 것이 한없이 안타까웠을 것이다. 이 시는 바로 도홍경이 양나라 무제의 조서를 받고 쓴 답장이었다.

도저히 도홍경의 마음을 돌릴 수 없겠다고 생각한 무제는 그에게 엉뚱한 제안을 했다. 산속에 은거하되 중대한 사안이 있으면 자문을 구할 테니 그때만이라도 자신을 도와 달라는 것이었다. 그것마저 거절하자니 핑계를 찾기 힘들어서 도홍경은 마침내 그렇게 하기로 했다. 그런 일이 있은 뒤로 도홍경은 산중재상(山中宰相)이라는 별명을 얻게 되었다.

도홍경은 이처럼 시보다 더 시 같은 삶을 살았지만 그래도 그는 결코 시인으로 성공한 사람은 아니었다. 그러나 그의 이 시는 그 어느 유명 시인의 시보다 더 감동적으로 전원생활의 즐거움을 우리에게 전해 준다.

_ 2005. 12. 9.

20. 근심이 뭔지 몰라

醜奴兒

신기질(辛棄疾)

한창 젊은 시절에는 근심이 뭔지 몰라
누각에 즐겨 올라
누각에 즐겨 올라
새 가사를 짓느라고 애써 근심스럽다 했네.

지금은 근심을 알 대로 아는지라
말하려다 그만두고
말하려다 그만두고
가을 날씨 참 좋다고 딴소리하네.

少年不識愁滋味　　소년불식수자미

愛上層樓　　　　　애상층루

愛上層樓　　　　　애상층루

爲賦新詞強說愁　　위부신사강설수

而今識盡愁滋味　　이금식진수자미

欲說還休　　　　　욕설환휴

欲說還休　　　　　욕설환휴

却道天涼好個秋　　각도천량호개추

누군가가 "너는 아직 세상을 잘 몰라"라고 하면 아마 대부분의 젊은이들이 화를 낼 것이다. 자신이 세상사를 잘 알고 있다고 생각하기 때문에 자신이 세상을 모른다고 하는 말은 곧 자신을 모독하는 말로 받아들여지는 것이다.

젊은 시절에는 누구나 한 번쯤 시인이 된다. 자기 마음 속에는 그 누구도 이해하기 힘든 크나큰 근심이 있다며 뻥을 치는 엄살쟁이 시인이다. 그는 자신의 시에서 자신이야말로 이 세상에서 가장 큰 근심을 떠안고 사는 사람이 된다. 평범한 사람이 아니라 전문적으로 시를 쓰는 시인이라면 이 엄살이 더욱 과장되고 빈번하게 행해진다. 그러나 젊을 때는 사실상 근심의 요체를 제대로 안다고 할 수 없다.

이것은 남송 사인(詞人) 신기질(辛棄疾, 1140-1207)이 당시에 유행하던 <추노아>라는 곡조에 맞추어서 지은 가사다. 그는 조국 송나라가 북반부를 금(金)나라에 내주고 장강(長江) 이남으로 쫓겨난 남송 초에 금(金)나라 통치하에 있던 산동(山東) 지방에서 태어났다. 그는 의분을 이기지 못해 의병을 일으켜 직접 금나라 군사와 항쟁하기도 했다.

그러다가 중과부적을 절감하고 남송 치하의 강남 지역

으로 내려간 이후에도 그는 강력하게 금나라와 항쟁하여 빼앗긴 국토를 수복해야 한다고 주장했다. 그러나 당시 정권을 장악하고 있던 문약한 고관들은 대부분 금나라의 비위를 맞추면서 가급적 전쟁을 피하고 적당히 영예를 누리고자 했기 때문에 신기질은 이들의 모함으로 관직에서 쫓겨나기도 했다.

자신의 이익을 위해 조국과 민족마저도 돌보지 않는 이들의 이기적 행동은 도저히 납득할 수도 없었지만 그렇다고 자신이 그들을 납득시킬 수 있는 것도 아니었다. 그저 답답할 뿐이었다. 그는 이제 자신의 근심을 말로 표현할 길이 없었다. 돌이켜보니 한창 젊은 시절에 나름대로 세상을 안답시고 한껏 멋을 부려 가며 시에다 근심을 잔뜩 토로한 것은 한낱 엄살일 뿐이었다. 아니 그것은 오히려 호들갑스러운 일이요 사치스러운 짓이었다. 나이가 들어 세상을 알 대로 안 뒤에 그는 더 이상 근심이 무어라고 말하지 않았다. 아니 말을 할 수가 없었다. 누가 물으면 능청스럽게 "오늘 날씨 참 좋구먼. 가을이 완연하네" 하고 일부러 엉뚱한 소리를 했다. 이것이 진정으로 세상을 아는 사람의 태도다.

가슴속에 있는 생각을 말로 표현하기 어려운 경우가 참 많다. 이럴 경우 보통 사람들은 대개 있는 말 없는 말로 온갖 비유를 다 끌어대고 갖은 예를 다 들어 가며 장황하게 설명한다. 그러나 깨달음이 깊은 사람은 그와 다르다. 진(晉)나라 시인 도연명(陶淵明)은 "무어라고 말하려다 그만 말을 잊었다(欲辨已忘言)"고 했고, 당(唐)나라 시인 이백(李白)은 "씩 웃을 뿐 대답 않지만 마음 절로 느긋하다(笑而不答心自閑)"고 했고, 우리나라 시인 김상용은 "왜 사냐건 웃지요" 하고 슬쩍 넘어갔다.

그런데 신기질은 "가을 날씨 참 좋군" 하고 딴청을 피웠다. 깨달은 사람 중의 깨달은 사람이라고 할 만하다. 평생에 걸쳐 맛보고 또 극복한 수많은 근심 걱정이 그를 이렇게 만들었을 것이다.

_ 2009. 11. 5.

21. 여산진면목
題西林壁

소식(蘇軾)

가로로 보면 산줄기 옆으로 보면 봉우리
보는 곳에 따라서 각기 다른 그 모습
여산의 진면목을 알 수 없는 건
이 몸이 이 산속에 있는 탓이리.

横看成嶺側成峰　　횡간성령측성봉
遠近高低各不同　　원근고저각부동
不識盧山眞面目　　불식려산진면목
只緣身在此山中　　지연신재차산중

동파(東坡)라는 호로 더 잘 알려져 있는 송나라의 대문호 소식(蘇軾, 1036−1101)은 정적들의 모함으로 황주(黃州, 지금의 호북성湖北省 황강시黃岡市 황주구黃州區)라는 오지에서 4년이 넘도록 유배 생활을 하다가 49세 때 유배지를 도성에서 멀지 않은 여주(汝州, 지금의 하남성河南省 여주)로 옮기게 되었다. 여주로 옮겨 가는 도중에 그는 여산(廬山)을 한번 구경했다.

소문대로 여산은 참 크고도 아름다운 산이었다. 여기서 보니까 이런 모습을 하고 있고 저기서 보니까 저런 면모를 지니고 있었다. 먼 데서 본 모습, 가까운 데서 본 모습, 높은 데서 본 모습, 낮은 데서 본 모습이 제각기 달랐다. 여산은 보는 위치에 따라 각기 다른 아름다움을 지니고 있어서 그 전모를 알기가 어려웠다. 그는 그것이 자기가 여산 안에 있기 때문이라고 생각했다.

시로 인해 정적들에게 심한 모함을 받고 마침내 장기간의 유배 생활까지 하게 된 그는 처음에 여산에서는 절대로 시를 짓지 않겠다고 다짐했었다. 그러나 여산은 가슴에 시흥이 가득 찬 대문호를 그냥두지 않았다. 여산의 매력에 홀린 나머지 그는 마침내 자신에게 한 맹세를 어기고 10여 수의 시를 짓고 말았다. 이 시는 그 가운데 한 수로 약 열흘 동안 여산의 구석구석을 둘러본 소감을 총괄하여 여산 기슭에 있는 서림사의 벽에다 써 놓은 것이다.

이 시는 개인적 경험을 통하여 보편적 이치를 터득하고 그것을 예술적으로 형상화한 대표적인 철리시(哲理詩)다. 어느 한 방향에서만 보아서는 여산이라는 거대한 산의 다양한 모습을 제대로 알 수 없듯이 어느 한 측면만 보아서는 사람이나 사물이나 사실의 진상을 정확하게 파악할 수 없다는 것이 이 시가 우리에게 전하는 말이다. 이것은 시로 표현한 한마디의 격언이다. 그러기에 이 시에서 비롯되어 '여산진면목'이라는 성어가 생겼다. 한 걸음 더 나아가 우리는 이 시에서 다음과 같은 이치를 읽어 낼 수도 있다. 여산처럼 큰 산은 안에서는 그 진면목이 잘 안 보이기 때문에 그 진면목을 제대로 보려면 산에서 벗어나 좀 먼 곳에서 조망해야 한다는 이치다. 이는 바둑판 앞에 앉아 있는 당국자(當局者)보다 옆에서 구경하는 관전자(觀戰者)에게 수가 더 잘 보이는 것과 같은 이치, 즉 바둑을 직접 두는 사람에게는 잘 보이지 않는 수가 옆에서 구경하는 사람에게는 잘 보이기 때문에 뺨을 맞아 가면서 훈수를 두는 것과 같은 이치다. 북한이 지금 남한과 미국은 물론 전 세계를 향해 여러 가지로 위협적인 행동을 하고 있다. 주변 국가들의 만류를 뿌리치고 3차 핵실험을 강행했는가 하면, 이에 대하여 유엔이 강력한 제재를 결의했음에도 불구하고 또 미사일을 발사하겠다면서 구체적인 준비 절차를 밟음으로써 전 세계를 긴장시켰다. 당장이라도 전면전을 벌일 기세로 전쟁이 발발할 경우 안전을 보장할 수 없다며 북한 주재 외국 공관에 신속한 철수를 권고하기도 했다. 그리고 급기야 남북한 경제협력 기지인 개성공단을 잠정적으로 폐쇄하기에 이르렀고 참다못한 우리 정부도 개성공단 입주업체의 전원 철수라는 중대 조치로 맞섰다. 10년 동안 쌓은 공든 탑이 하루아침에 무너질 위기에 놓인 것이다.

북한은 정국을 도무지 어디까지 몰고 가려는 것일까? 아니 북한은 과연 사태가 이렇게까지 확산될 것을 예견하고 계획적으로 여기까지 몰고 왔을까? 그들도 지금쯤 절묘한 해결책을 찾느라 부심하고 있지 않을까? 이럴 때 남북한 당국자들이 모두 이 시를 한번 음미해 보면 어떨까 싶다. 북한 당국자도 남한 당국자도 어느 한 면만으로 상황을 판단하지 말고 각자 한 발씩 물러서서 자신들이 진정으로 원하는 것이 무엇인지를 들여다보는 냉철한 판단이 필요한 때인 것 같다.

_ 2013. 4. 29.

22. 책을 보다가
觀書有感

주희(朱熹)

1

조그마한 저 연못은 깨끗한 거울
푸른 하늘 흰 구름이 함께 떠 있네.
연못이 어찌 이리 맑을 수가 있는가?
끊임없이 새 물이 흘러들기 때문이네.

其一

半畝方塘一鑒開　　반묘방당일감개

天光雲影共徘徊　　천광운영공배회

問渠那得淸如許　　문거나득청여허

爲有源頭活水來　　위유원두활수래

2

어젯밤에 강가에 봄비가 내리더니
군함만 한 큰 배가 깃털만큼 가볍네.
아무리 밀어 봐도 꼼짝 않던 저 배가
물이 차니 저리도 자유로이 떠다니네.

其二

昨夜江邊春水生　작야강변춘수생
艨艟巨艦一毛輕　몽동거함일모경
向來枉費推移力　향래왕비추이력
此日中流自在行　차일중류자재행

주지하는 바와 같이 주희(朱熹, 1130-1200)는 흔히 주자학이라고 하는 중국 성리학의 집대성자인데, 이 시는 주희가 책을 보다가 느낀 독서의 중요성을 형상적으로 설파한 두 수의 절구(絶句)다.

첫 번째 시는 연못이 꾸준히 맑은 물을 받아들여야만 늘 깨끗한 상태를 유지할 수 있듯이 사람도 독서를 통하여 끊임없이 새로운 지식을 습득해야만 사회의 변화에 잘 대처할 수 있다고 역설했다. 연못물은 대개 고여 있게 마련이고 고인 물은 오래지 않아 썩는 법이다. 그러므로 늘 깨끗한 상태를 유지하기 위해서는 계속적으로 맑은 물을 받아들이지 않으면 안 된다. 그리고 사람에게 있어서는 책이 바로 맑은 물의 원천이다. ≪논어·위정편≫에 "옛날에 배운 것을 복습하고 새로운 것을 알아야 남의 스승이 될 수 있다(溫故而知新, 可以爲師矣)"라는 공자(孔子)의 말이 있거니와, 주희는 이 말을 옛날에 배운 것을 복습하는 데서 그치지 말고 독서를 통하여 끊임없이 새로운 지식을 습득해야 한다는 뜻으로 이해하고 이 이치를 시적 은유로 형상화한 것이라고 할 수도 있다.

두 번째 시는 강에 물이 없으면 아무리 애를 써도 움직이지 않는 큰 배가 강물이 불어나면 저절로 물위에 둥둥 떠다니는 것처럼, 지식이 없으면 좀처럼 해결되지 않는 어려운 문제도 지식이 축적되면 간단하게 해결될 수 있음을 역설했다. 겨울철을 맞아 물이 빠진 강바닥에 덩그러니 얹혀 있는 큰 배는 강가로 끌어내기 위해 있는 힘을 다해 밀고 당겨도 꼼짝하지 않는다. 그러나 봄비가 흠뻑 내려 강물이 불어나면 배는 너무나도 가볍게 강물 위에 떠다닌다. 강물이 불어나기만 하면 배는 저절로 뜨는 것이 자연의 이치다. 그리고 사람에게는 지식이 바로 강물이다. 그러므로 독서를 통하여 지식을 축적해야 한다.

주희는 맑은 연못에 삼라만상이 다 선명하게 비쳐 있는 것을 보고 독서의 필요성을 깨달은 것도 아니고 커다란 배가 강물 위에 둥둥 떠다니는 것을 보고 앎의 중요성을 터득한 것도 아니다. 제목에서 자신이 밝혀 놓은 바와 같이 그는 책을 보다가 문득 이런 생각을 하게 되었다. 아무래도 그는 후학들에게 열심히 공부해야 한다고 훈계조로 말하는 것은 별로 효율적이지 않다는 사실을 알고 후학들이 스스로 필요성을 깨닫게 해 줄 수 있는 좋은 방법을 찾느라 오랫동안 고심하던 중에 마침내 적실한 비유가 떠올라서 이 권학시(勸學詩)를 지은 것 같다.

_ 2003. 12. 20.

313

저자 소개

저자 류종목(柳種睦)은 서울대학교 중어중문학과를 졸업하고 동 대학원에서 문학박사 학위를 취득했으며, 대구대학교 중어중문학과 교수를 거쳐 현재 서울대학교 중어중문학과 교수로 재직 중이다. 주요 저서 및 역서로 ≪소식사연구(蘇軾詞研究)≫, ≪당송사사(唐宋詞史)≫, ≪여산진면목(廬山眞面目)≫, ≪논어의 문법적 이해≫, ≪송시선(宋詩選)≫, ≪한국의 학술 연구─인문사회과학편 제2집≫, ≪범성대시선(范成大詩選)≫, ≪팔방미인 소동파≫, ≪육유시선(陸游詩選)≫, ≪소동파시선≫, ≪소동파사선(蘇東坡詞選)≫, ≪소동파사(蘇東坡詞)≫, ≪당시삼백수(唐詩三百首) 1·2≫, ≪중국고전문학정선─시가 1·2≫, ≪정본 완역 소동파시집 1·2·3≫, ≪중국고전문학정선─시경 초사≫, ≪소동파 산문선≫, ≪중국고전문학정선─사곡(詞曲)≫, ≪소동파 문학의 현장 속으로 1·2≫, ≪송사삼백수 천줄읽기≫, ≪유종원시선(柳宗元詩選)≫, ≪소식의 인생 역정과 사풍(詞風)≫ 등이 있다.

명문동양신서明文東洋新書 - 01

한시이야기

초판 인쇄 — 2018년 4월 10일
초판 발행 — 2018년 4월 16일

저 자 — 류 종 목
발행인 — 金 東 求
발행처 — 명 문 당(창립 1923년 10월 1일)
　　　　서울시 종로구 윤보선길 61(안국동)
　　　　우체국 010579-01-000682
　　　　전 화 (02) 733-3039, 734-4798
　　　　FAX (02) 734-9209
　　　　Homepage / www.myungmundang.net
　　　　E-mail / mmdbook1@hanmail.net
　　　　등록 1977. 11. 19. 제1-148호

* 낙장 및 파본은 교환해 드립니다 * 불허 복제
* 정가 10,000원
ISBN 979-11-88020-47-8   03820
* 저자와의 협약에 의해 인지는 생략합니다